Antonio Ruiz-Camacho

Los perros descalzos

Antonio Ruiz-Camacho ha trabajado como periodista en México, Europa y Estados Unidos. Ha sido becario Knight de periodismo en la Universidad de Stanford y becario Dobie Paisano en literatura en la Universidad de Texas. Tiene una licenciatura en comunicación de la Universidad Iberoamericana y una maestría en creación literaria de la Universidad de Texas en Austin. Sus relatos, ensayos y reportajes han sido publicados en *The New York Times*, *Salon*, *Texas Monthly*, *Etiqueta Negra*, *Letras Libres*, *El Universal* y *Reforma*, entre otras publicaciones. Desde 2004 vive en Austin, Texas.

Los perros descalzos

Los perros descalzos

ANTONIO RUIZ-CAMACHO

Traducción del autor

VINTAGE ESPAÑOL
Una división de Penguin Random House LLC
Nueva York

PRIMERA EDICIÓN VINTAGE ESPAÑOL, ABRIL 2016

Copyright de la traducción © 2015 por Antonio Ruiz-Camacho

Información de catalogación de publicaciones disponible en la Biblioteca del Congreso de los Estados Unidos.

Vintage Español ISBN en tapa blanda: 978-1-101-97221-2

Para venta exclusiva en EE.UU., Canadá, Puerto Rico y Filipinas.

www.vintageespanol.com

Impreso en los Estados Unidos de América
10 9 8 7 6 5 4 3 2 1

Para Valentina
Para Emiliano y Guillermo

Nuestros libros de texto afirmaban: Visto en el mapa México tiene forma de cornucopia o cuerno de la abundancia [...] Se auguraba —sin especificar cómo íbamos a lograrlo— un porvenir de plenitud y bienestar universales. Ciudades limpias, sin injusticia, ni pobres, sin violencia, sin congestiones, sin basura. Para cada familia una casa ultramoderna y aerodinámica (palabras de la época). A nadie le faltaría nada. Las máquinas harían todo el trabajo. Calles repletas de árboles y fuentes, cruzadas por vehículos sin humo ni estruendo ni posibilidad de colisiones. El paraíso en la tierra. La utopía al fin conquistada.

JOSÉ EMILIO PACHECO,
Las batallas en el desierto

Va a estar increíble antes de que llegue la primavera

Es el año en que todo el mundo está planeando pasar el verano en Italia. Tammy y Sash van a tomar un taller de fotografía en Florencia y Jen va a tomar un crucero por el Mediterráneo con su familia y la mía va a rentar una casa en la Toscana. Ya nos pusimos de acuerdo para pasar un par de días juntas en Milán y tal vez manejar hasta Portofino y dar el rol por ahí un día más o dos; dicen que las autopistas italianas son la neta y que a todo el mundo ahí le valen los límites de velocidad, igual que aquí, pero las carreteras allá no son pésimas, así que todo el mundo coincide en que va a estar increíble. Antes de que llegue la primavera ya estamos tomando clases de conversación en italiano acompañadas de capuchinos en el Klein's de Masaryk una vez por semana con esta genovesa de mediana edad guapísima y a quien recuerdo como Giovanna, pero estoy segura de que no se llamaba así. Parece Diane von Furstenberg cuando estaba joven, sólo que con ropa mucho menos cara. Acabó en México porque conoció a un tipo en Cancún, y desde entonces ha estado intentando ganarse la vida aquí, dando clases de italiano, y de cualquier otro idioma, a ejecutivos extranjeros porque es una políglota. Cada vez que tenemos ganas de un descanso en clase le pedimos que nos cuente alguna anécdota de sus otros estudiantes (le encanta contar historias, si por ella fuera se la pasaría hablando todo el día) y ella nos complace con las aventuras más desternillantes. El tiempo ha comenzado a borrar de mi cabeza las memorias de ese año, y por ahora sólo recuerdo el episodio de la ejecutiva danesa que está tomando clases de conversación en inglés y que habla con un acento horripilante, como si en lugar de boca tuviera un abrelatas, dice nuestra maestra agitando sus manos finas como ramas por encima de los vasos de capuchino cual si fueran leños ardiendo y quisiera reducirlos a cenizas. Los sustantivos y verbos irregulares están volviendo loca a la pobre danesa, admite Diane (digamos que la políglota italiana se llamaba así) frunciendo el ceño, lo que hace que luzca sus facciones exquisitas más ajadas que sofisticadas, así que cada vez que Diane le pide que le cuente lo que hace por las mañanas, la ejecutiva danesa contesta: "güel, ferrst ting rait aut of mai bet, ai torofly wash mai tits".

Es el año en que no podemos pensar en otra cosa que no sea Italia, así que cada jueves por la tarde, luego de la clase de conversación en italiano, salimos corriendo hacia Mixup y hurgamos como obsesas en la sección de World Music, buscando compactos de cantantes pop italianos como si fuéramos escolapias inglesas y los verdaderos nombres de los Beatles fueran Umberto Tozzi y Gianluca Grignani y Claudio Baglioni y Zucchero. Compramos tantas rolas italianas como podemos, desde los números uno de Lucio Dalla hasta lo más reciente de Laura Pausini (sólo adquirimos sus álbumes en italiano, he de aclarar; fingimos demencia y pasamos por alto el hecho desolador de que sus discos en español son tan populares como los de Luis Miguel) y pasamos el fin de semana entero en casa de Sash o Tammy memorizando sus letras cursísimas, puliendo nuestros acentos, soñando con Milán. Es el año en que sacamos todo Fellini de la biblioteca de la universidad y vemos *Il postino* y *La vita è bella* y *Cinema paradiso* tantas veces que podemos representar escenas completas de esos filmes en la acera de Reforma a las cuatro de la mañana, tras reventarnos en el Bulldog, donde bailamos sobre las mesas, vodka tónic en mano, cantando al ritmo de "It's My Life" de No Doubt, o "Hey Ya!" de Outkast, o la ya clásica de Nirvana "Smells Like Teen Spirit", pensando qué nimios y vulgares son todos esos temas, qué insignificantes comparados con la sutil grandeza de ese monstruo de canción que es "Non voglio mica la luna" de Fiordaliso.

Es el año en que hacemos el servicio social en museos ubicados al otro lado de la ciudad porque soñamos con convertirnos en artistas una vez terminada la universidad. Sash y Tammy consiguen chamba en el Centro de la Imagen, y Jen en el Museo de Arte Moderno, y yo consigo el mejor trabajo de todos en el Colegio de San Ildefonso, ayudando a curar la primera exposición individual de David Hockney en México, que está absolutamente fantástica y hace que mis amigas estupendas se pongan de todos los colores de la envidia. Me la paso presumiendo sobre mi trabajo aunque lo único que tenga que hacer durante las diez horas semanales que paso ahí no sea más que enviar por correo invitaciones para la inauguración, organizar cajas enormes de panfletos en montoncitos del grueso de un ladrillo, enviar documentos por fax al extranjero y arrastrar unos contenedores pesadísimos hasta la bodega; son todos mandados tediosos y abismalmente agotadores que nunca he tenido que hacer en mi vida, pero cuya novedad hace que se sientan hiperemocionantes e importantísimos. Siento que cargo la reputación de Hockney sobre mis hombros, que exclusivamente de mí depende que lo arropen los mexicanos. Por una vez experimento en carne propia qué se siente vivir en la ciudad de México, en la de verdad, y pienso que no está tan mal como se ve desde fuera.

Es el año en que tengo diecinueve. Es el año en que la vida va a cambiar para siempre, pero ninguno de nosotros lo sabe todavía.

Es el año en que nos codeamos con gente que no vive en las mismas zonas residenciales que nosotros, Polanco, Lomas, San Ángel, Teca. Es el año en que conocemos a artistas genuinos que viven en estudios rentados en zonas peligrosas del otro lado de la ciudad, y es el año en que socializamos con historiadores y antropólogos y artistas que hacen performances y editores de libros que viven de su salario y no tienen coche. Son personajes fascintísimos y superglamorosos que se mueven en metro y toman taxis. Es un mundo nuevo por explorar dentro de la misma ciudad en la que nacimos y siempre hemos vivido, y cada vez que nos aventuramos en su interior sentimos que estamos cruzando una barrera invisible, allanando un lado de nosotros mismos antes vedado: más caótico, más salvaje, más irresistible.

Conforme comenzamos a mezclarnos con los nativos de esa otra ciudad nos enteramos que también es el año en que todo el mundo está hablando de secuestros; la ola de pánico de finales de los noventa, nos anuncian, está de regreso y con más fuerza que nunca. La gente que conocemos se la pasa compartiendo anécdotas que ha escuchado, detalles escabrosos de lo que le pasó a tal o cual amigo la última vez que tomó un taxi. Durante una fiesta en un edificio abandonado detrás de la Catedral Metropolitana, el curador asociado de arte virreinal del Museo de la ciudad de México nos cuenta una historia reciente que le ocurrió a una amiga suya muy querida: son como las nueve de la noche cuando esta niña, una joven fotógrafa que acaba de regresar de la sierra Tarahumara, donde ha estado trabajando en un proyecto multimedia que va a estrenar en Art Basel en Miami, agarra un taxi, un vocho blanco con verde, en la esquina de Álvaro Obregón y Frontera, y le pide al chofer que la lleve al Barracuda, "El que está en el parque España", especifica. Un amigo suyo está celebrando ahí su cumpleaños (de hecho, se trata del mismo curador que está contando la historia), le explica ella con toda jovialidad. El güey se incorpora en el tráfico sin ningún problema y finge interesarse por lo que le está contando ella, pero cuando apenas han recorrido una cuadra se detiene en un semáforo y un par de tipos gordos se trepan al taxi y ocupan el espacio diminuto que queda a cada lado de ella en el asiento trasero.

"A mi amiga no ha terminado de caerle el veinte, cuando estos hijos de su pinche madre ya la están madreando", dice el curador, "clavándole los puños debajo de las costillas como cuando ablandas una almohada antes de irte a la cama. Acto seguido, se la llevan de ronda por varios cajeros automáticos", explica, "obligándola a sacar todo el efectivo que pueda mientras le pican la parte baja de la espalda con un cuchillo, hasta que llega al límite diario en las tres tarjetas bancarias que lleva en el bolso. El güey que va al volante dice que tienen que esperar hasta la medianoche para continuar, y mientras tanto pasean a mi amiga por la Roma y la Doctores, haciendo tiempo, escuchando una estación de rancheras, silbando las tonadas viejitas que escupen los altavoces", dice el curador. "Entonces uno de los güeyes dice algo así como: 'Me estoy cagando de hambre; ustedes, ¿no?' Así que se paran en un puesto de tacos sudados para echarse un tentempié. El güey hambriento le toma la orden a todos los demás menos a mi amiga", dice el curador, "y se baja del coche para ir por la cena mientras los otros dos se quedan en el interior del vocho echándole un ojo para que no se escape. El muerto de hambre vuelve con un montón de tacos envueltos en papel de estraza en una mano y tres Coca-Colas colgando de la otra", dice el curador, y puedo imaginarme la escena perfecto, el sonido del vidrio de las botellas de refresco chocando entre sí, un ruido insoportable que me pone los pelos de punta sólo de pensarlo. "El conductor del taxi vuelve a arremeter contra el tráfico, y los tres hijos de su pinche madre se ponen a tragar mientras pasean por las calles", prosigue el curador, "los tres cabrones y mi amiga apretados como sardinas en el vocho, que apesta a taco húmedo y sudor de puerco. Cuando dan por terminada la cena la medianoche no ha llegado aún, y están aburridos. Minutos después uno de ellos dice algo así como: 'Oigan, güeyes, ¡nos falta el dulce! ¿Y si nos chingamos a esta pirujilla en vez de postre?' Los tres se le quedan viendo a mi amiga, como preguntándose si vale la pena el esfuerzo. 'Nel. No está tan sabrosa', dice el que va manejando, pero no tienen nada mejor que hacer hasta la medianoche, así que al final lo someten a votación y gana el sí", dice el curador con la voz entrecortada. Hace una pausa, se le ve sobrecogido, parece que tiene dificultad para seguir adelante con la historia, y todos a su alrededor lo observamos en silencio con los ojos desorbitados, todo el mundo pensando: "Es una broma, ¿verdad?", y yo siento que estoy alucinando porque la historia es tan abominable que no puede ser cierta, pero caigo en la cuenta de que esto es parte de lo que implica vivir en la ciudad, en la de verdad, y de pronto me siento independiente, madura y aventurera. Volteo a ver a Jen y Tammy y Sash, quienes también están escuchando la historia, y sus rostros lucen arrebatados por la misma emoción: una mezcla de incredulidad, horror y fascinación que les oscurece la mirada.

"Conducen sin destino fijo hasta internarse en lo que parece la Portales y se estacionan en una calle cualquiera, desolada, sin una luz", el curador finalmente logra decir, "y, por turnos, se echan a mi amiga de postre. En algún momento la medianoche aparece por fin, y la peregrinación por los cajeros automáticos vuelve a comenzar, pero las tarjetas de crédito y débito de mi amiga dan de sí a la primera, y los güeyes se emputan. '¿Te quedaste sin varo, pendeja?', le grita el conductor". El curador dice que su amiga no contesta más porque a esas alturas se ha dado cuenta de que llorar o rogar no serviría de nada. Quiere creer que no hay nada más que puedan arrebatarle ya. "Se orillan en una calle cerca del Eje Central, y ella parece estar en lo correcto porque abren la puerta del taxi y la arrojan a la banqueta. Ya está tirada en el suelo cuando uno de ellos desciende del vocho, se baja la bragueta y comienza a orinarla. Mi amiga no recuerda haber sentido nada en ese momento", dice el curador mientras todo el mundo a su alrededor, incluida yo, lo mira con lágrimas en los ojos, "sólo alcanza a escuchar a los hijos de puta cagarse de la risa, celebrando como locos en el interior del taxi. El güey termina, se pone en cuclillas al lado de ella, y le susurra al oído: 'Nos vamos a quedar con tu bolsa, puchita; si uno de estos días nos dan ganas de ir a visitarte ya sabremos dónde vives'. Se mete en el coche, y ella ve de reojo cómo el vocho desaparece en el horizonte. Y aquí viene la parte más deprimente de la historia", asegura el curador. "Una sensación de dicha que nunca antes había experimentado se apodera de ella cuando los ve desvanecerse en la oscuridad."

Es el año en que nos damos cuenta de que nunca hemos viajado en metro ni en taxi. En México, quiero decir. Nos hemos subido al metro en ciudades como París o Nueva York, durante unas vacaciones. Yo he tomado taxis en Londres y Frankfurt y San Francisco, le recuerdo a Jen y Tammy y Sash mientras escuchamos el CD de Jovanotti *Il quinto mondo*, que está tocando en el equipo de sonido Bose de Sash. Tammy revela que ella tomó ambos en Tokio con sus papás hace dos veranos, y que los taxis definitivamente son mucho mejores. Jen estuvo de visita en Japón al verano siguiente de graduarnos de la prepa, y coincide con ella al cien por ciento. "Yo también me subí a los dos. El metro de Tokio es limpísimo", asegura, "pero los taxistas tokiotas visten guantes blancos; me recordaron a los *bellboys* de El Plaza. ¡Súper glam!" Sash interviene para recordarnos que algunas estaciones en el metro de París huelen a orines y sudor, y todas asentimos y exclamamos "¡siiiiiií!" en un tono que quiere decir "totalmente" y "guácala" al mismo tiempo. Sash agrega que ella tuvo una experiencia similar en Barcelona el verano anterior. Nos miramos unas a otras y no nos queda más remedio que admitir que todas nos estamos preguntando si el metro de Milán también estará asqueroso, y una parte de mí no logra entender por qué el metro en esas urbes tan espectaculares siempre tiene que oler horrible, pero en ese momento Jen dice: "¡No me quiero ni imaginar a lo que ha de oler el metro de aquí!", y todas gritamos: "¡Qué asco, güey!" y al unísono soltamos todas una carcajada.

Es el fin del semestre y tenemos la sensación de que junio está a la vuelta de la esquina. Nos ponemos ansiosas pensando que no estamos listas para Italia. El verano peligra, pero Diane asegura que no hay nada qué temer, hemos progresado de manera fantástica en las últimas semanas y nos va a ir espectacular ("si ya dominas el español y el francés, aprender italiano es pan comido", coincidimos todas esa tarde antes de que llegue Diane, pero no se lo decimos porque no queremos herir sus sentimientos). Estamos discutiendo el *Larousse di coniugazione* que Diane nos sugirió que adquiriéramos cuando Tammy le pregunta si alguna vez ha tomado el metro en la ciudad de México. Diane la mira incrédula, luego responde: "Ma che domanda è questa?" Yo le explico que nos hemos percatado de que últimamente todo el mundo está hablando de secuestros, y nos preguntamos si ella no tiene miedo de vivir en la ciudad en el momento actual. Diane guarda silencio por un instante, como si estuviera considerando seriamente la pregunta de Tammy. Luego responde que no sabe si siente miedo o no, pero lo que sí tiene claro es que ahora ya no podría vivir en otro lado, porque México es el lugar donde encontró al amor de su vida.

Semanas más tarde tiene lugar una de nuestras últimas clases de italiano antes del inicio del verano. Estamos a finales de mayo; la ciudad se verá pronto devorada por el diario acoso de tormentas eléctricas y vespertinas. La próxima semana celebraremos una cena de graduación en La cosa nostra, y Diane dice que nos va a echar de menos, pero que no le cabe duda de que vamos a vivir el mejor verano italiano de la historia. La clase está a punto de llegar a su fin cuando nos pregunta si alguna de nosotras estaría dispuesta a hacerle un inmenso favor. "Me da un poco de vergüenza pedirles esto, pero creo que me van a entender", dice. Su rostro de pronto se torna endeble y quebradizo, sus facciones perfectas se arrugan como las de un cachorro arrepentido. "¡Nos puedes pedir lo que quieras, Diane!", la reconfortamos tanto en italiano como en español, presas de la expectación. Me pregunto si esto significa que finalmente llegaremos a saber algo de su vida privada y del enigmático novio por quien dejó atrás su vida en Italia. Me pregunto por qué Diane insiste en mantener en secreto la identidad de su enamorado, y a veces incluso me pregunto si de verdad existe. Entre todas las metrópolis donde podría vivir, ¿por qué habría de elegir la ciudad de México? ¡Estaba viviendo en la mismísima Milán cuando conoció a este fulano! Diane suspira aliviada y nos dice que su *mamma* sigue viviendo en Génova (la llamó de hecho *madre*, pero suena tan simple, tan ordinario, como si lo hubiera dicho en español, que prefiero recordarla diciendo *mamma*) y no la ha vuelto a ver desde que se mudó a México hace tres años y que, por mucho que quisiera visitarla, cree que no será posible hacerlo en el futuro cercano. "Nadie se hace rico dando *lezioni di conversazione*", nos dice, como si admitiera por primera vez que su vida no es tan glamorosa como parece desde el exterior.

La *mamma* de Diane trabajó como secretaria en la Municipalità Genovese durante cuarenta años y ahora está retirada; vive sola en el diminuto apartamento sobre la via della Maddalena en el que la familia de Diane ha vivido siempre, en el centro histórico de la ciudad, muy cerca del puerto. La *mamma* de Diane es viuda, el padre de la políglota falleció hace diez años, dejándolas a las dos sin nadie que cuidara de ellas más que ellas mismas. "¡Yo también soy hija única!", le confiesa Jen. Diane se esfuerza por recibir la revelación de Jen con entusiasmo, pero es evidente que prefiere seguir adelante con los detalles de su propia historia. La *mamma* de Diane recibe un cheque como pensionada por parte del gobierno italiano cada quincena, pero de un tiempo a la fecha cada vez le resulta más difícil llegar a final de mes. La vida se ha puesto por las nubes en

Italia a causa del euro y una ayuda no le vendría nada mal, pero MoneyGram y FedEx son tan costosos que realmente no son una opción para Diane. Así que ahora que sus alumnas favoritas se preparan para viajar a Italia, Diane estaba pensando, ¿no sería increíble si pudiera preparar una valija con algo de ropa y unos cuantos pares de zapatos nuevos, a lo mejor también unas cuantas cremas faciales y hasta algunos medicamentos sin receta para su *mamma*, junto con algo de efectivo, y no sería fantástico si alguna de nosotras pudiera llevárselo todo a Génova?

"Les estaría eternamente agradecida", nos dice en una voz tan baja que sus palabras parecen motas de polvo flotando en el aire. "¡Todas podríamos ir a visitar a tu mamá!", exclama Tammy de inmediato. "¡Nos encantaría conocerla!", agrega Jen. "¡Incluso podríamos invitarla a cenar y practicar conversazione con ella!", sugiere Sash, y la idea de inmediato parece cristalizar nuestro sueño de vivir El Verano Italiano Más Auténtico de Nuestras Vidas. Yo me ofrezco a llevar la maleta conmigo, y todas acordamos afinar los detalles de nuestra expedición a Génova mientras cenamos y brindamos con chianti la semana siguiente. "Molto grazie, i miei amori!", exclama Diane, luciendo otra vez espectacular, como siempre, y esa noche insiste en pagar los capuchinos. Me emociona la idea de conocer a la *mamma* de Diane y aventurarme en su pasado, pero me sorprende descubrir que no tiene los recursos que simplemente asumí poseería al ver sus facciones sofisticadas, el exclusivo contorno de su figura, la seguridad tan europea y despampanante con la que se mueve entre los mexicanos.

Esa tarde nos saltamos la visita a Mixup y nos dirigimos directamente a casa de Tammy, donde diseccionamos la petición de ayuda de Diane con curiosidad y fascinación mientras La traviata suena de fondo. Italia nunca ha estado más cerca, el verano de nuestras vidas ha comenzado. Llego a casa más tarde de lo habitual, muriendo de ganas de contarle a mis papás todo sobre la *mamma* de Diane, pero no están (Nicolasa, mi hermana menor, tampoco se encuentra; está en Costa Rica en un viaje de fin de curso con su clase).

Justina, nuestra nana y quien ha cuidado de nosotras desde que nacimos, me está esperando en la cocina. La tele diminuta donde ve sus telenovelas mientras prepara la cena está apagada, lo que de inmediato parece un mal augurio. Justina tiene más de cuarenta y cinco años, pero su cara brillante y rotunda permanece tan aniñada como siempre. Esta noche luce agotadísima, como si una década le hubiera pasado por encima desde la última vez que la vi, esa mañana. Sus ojos se ven inflamados, más enrojecidos de lo normal.

—¿Estás bien? —le pregunto mientras la beso en cada mejilla (mis amigas fabulosas y yo hemos estado practicando saludar como los italianos, y aprovecho para practicar también con Justina), y esto le saca una sonrisa enclenque, pero en lugar de responder me pregunta si ya cené. Le digo que sí, pero ella insiste.

—Fercita, ¿estás segura de que no quieres que te prepare un sándwich o unas quesadillas? —me pregunta implorando, como si al decir que sí le salvara la vida.

Le digo que estoy segura, y vuelvo a preguntar si se encuentra bien, porque definitivamente algo está pasando. Justina me invita a que pasemos a la sala, dice que quiere platicar conmigo. En cuanto tomamos asiento en el sofá, Justina dice que mamá y papá no están en casa porque están en casa del abuelo. Salió de su oficina ayer para ir a comer, y no ha regresado. Tampoco ha llegado a su casa.

No ha llamado. Han intentado localizarlo en su celular, pero no contesta. Mamá, papá, mis tíos y mis tías están reunidos en su casa, esperando recibir noticias. Me cuesta trabajo entender por qué están armando semejante lío por algo así, el abuelo debe de andar por ahí, de parranda con sus amigos, probablemente agarrándose una juerga de aquéllas; no va a llamar a sus hijos para contárselo, ¿verdad? No tiene sentido que Justina y los demás entren en pánico por algo así.

Entonces me cae el veinte.

La imagen del abuelo tomando un taxi afuera de su oficina y desapareciendo en la ciudad me cruza la cabeza como un relámpago, pero me digo que no tiene sentido. El abuelo no tiene necesidad de tomar un taxi. Nunca lo hace (aquí, quiero decir). Este tipo de cosas sólo le pasan a la gente que no tiene coche. Estas cosas no le pasan a la gente que vive en Polanco, a gente como nosotros, como el abuelo.

—Estoy segura de que está perfecto —le digo a Justina, pero más bien me lo digo a mí misma—. Voy a casa del abuelo para decirle a mamá y papá que no tienen nada de qué preocuparse.

—¡No! —Justina levanta la voz—. Tus papás me pidieron que no te dejara ir para allá, creen que es mejor si te esperas aquí, Fernanda.

—¡Entonces los voy a llamar para preguntarles qué onda! —le grito, y me sorprende escuchar mi propia voz quebrándose—. ¡Necesito hablar con ellos, Jus!

—¡No, por favor, no lo hagas! —la voz de Justina es un alarido, tan fuera de control como la mía—. Necesitan tener las líneas de teléfono desocupadas todo el tiempo, en caso de que don Victoriano o alguien más llame para dar información. Dijeron que llamarían para acá en cuanto pudieran.

No sé qué más decir. De camino a mi cuarto siento la cabeza como una piedra, mi cerebro falto de aire agrietándose. Llamo a Sash y Tammy y Jen a sus celulares, pero sólo Tammy me contesta. Le digo que necesito verla porque ha pasado algo.

"¿Cosa sucede, cara mia?", me pregunta, pero no puedo responder por teléfono. De hecho, apenas puedo hablar. Intento pensar en la última vez que vi al abuelo, y no puedo. Al mismo tiempo, lo veo en la parte trasera del taxi, apretujado entre dos tipos con pasamontañas negros cubriéndole el rostro y sendos cuchillos picándole las costillas. "Está bien, Fer, no te preocupes. Nos vemos en Klein's", dice Tammy. "Intentaré estar ahí lo antes posible. Voy a textear a Sash y Jen para pedirles que nos alcancen ahí. Ciao, bella."

Soy la primera en llegar. No sé qué hacer con las manos, con el bolso. Llamo al mesero y le pido que me vaya a comprar un paquete de Marlboro en el puestito de golosinas que está al lado. No soporto fumar, me da náuseas, pero esta noche siento que me hace falta. En mi cabeza, el abuelo sigue rogando a los marranos con pasamontañas que se tranquilicen, todo se puede arreglar. Cierro los ojos e intento obligarme a verlo en otro lado. Hago un esfuerzo por imaginarlo en un antro del centro histórico, poniéndose hasta las chanclas; intento visualizarlo con sus cuates camino a Acapulco, gozando de una escapada de fin de semana improvisada con otros Casanovas de la tercera edad, pero nada funciona. La imagen del abuelo metido en ese taxi permanece clavada en mi cabeza.

Es el año en que todos los miembros de mi familia tendrán que salir de México tras la desaparición del abuelo, aunque en ese momento no sé nada de él. Lo único que sé es que necesito estar con mis amigas. Necesito que me protejan, que me digan que nuestras vidas seguirán adelante como lo habíamos planeado: Italia está a la vuelta de la esquina, va a estar increíble. Pero cuando pienso a la distancia en esa noche me doy cuenta de que estoy ahí, un jueves a las 10:30 de la noche, esperando en Klein's a que lleguen Jen y Tammy y Sash porque necesitaré su ayuda para aprender el idioma que me veré forzada a usar en los días por venir: la lengua de los desaparecidos.

Pasan quince minutos y mis amigas no aparecen por ningún lado. Cuando el mesero me trae los cigarros las ganas de fumar ya se me han ido. Mi cerebro ha crecido dos veces su tamaño habitual. Estoy sentada en la mesa que siempre pedimos durante nuestras clases con Diane, mirando el tráfico imparable avanzar sobre Masaryk. En la terraza de la crepería que está enfrente, una pareja no para de devorarse a besos desde mi llegada. No puedo ver el rostro de ella porque me está dando la espalda, pero juraría que es Diane. Descarto la idea. Puedo ver la cara de él y sencillamente no puedo creer que ese pueda ser el hombre por el que cambió una vida de glamour y sofisticación en Milán. Es un poco más grande que yo y no especialmente guapo ni refinado. Viste un traje marrón horrendo que le sienta fatal, como pasa siempre con la ropa de cuarta. Podría ser cajero de banco o vendedor de seguros, así que definitivamente no puede ser Diane; además, ¡podría ser su madre, por Dios! Siempre me imaginé a la políglota italiana saliendo con algún casabolsero de mediana edad, el irresistible agregado cultural de algún país exótico o algún chef famoso de pelo entrecano, pero nunca, en la vida, pensé que pudiera rendirse ante *eso*. El tipo llama al mesero, haciendo la seña de "la cuenta, porfa" en el aire, mientras ella se arregla el pelo y se corrige el pintalabios. Es ella. En mi cabeza, el abuelo ahora está diciendo: "Por favor, no me hagan daño, les daré lo que me pidan. ¡Se los suplico!", y siento las lágrimas rodar por mis mejillas. El mesero se acerca con la cuenta y el cajero de banco o vendedor de seguros paga con efectivo. Luego se ponen de pie y caminan calle abajo, y entonces puedo ver el rostro de ella, radiante, lleno de paz. Diane apoya su cabeza sobre la hombrera del traje de cuarta que viste él y lo toma de la mano mientras se alejan. Nunca la he visto más bella y victoriosa. Los labios del abuelo ahora están sangrando, uno de los cerdos le acaba de dar un puñetazo en la cara. Mis manos están temblando, mi corazón a punto de estallar. Sigo resistiéndome a creer que el cajero de banco o vendedor de seguros quiere a Diane tanto como ella a él, pero entonces se detienen y se besan bajo la luz pálida de la luna, de la noche en que la ciudad me dio la espalda, y me desbarata descubrir qué poco necesitan los dos para sentirse los afortunados ganadores de la más gorda de las loterías.

Okie

Miss Brinkman dijo que escribir me podría ayudar, y me entregó un cuaderno. Estaba sentada en su escritorio y yo estaba de pie frente a ella. Los otros niños ya jugaban en el patio. Dijo que se llamaba *journal* y que tenía uno en su casa. Cada noche escribía en él. Algunas noches, dijo, es apenas un párrafo sobre algún momento especial que disfruté durante el día; otros, puedo escribir páginas enteras sin parar. Hace que los momentos felices sean aún más memorables, dijo, y que los que no son tan felices se sientan menos importantes. Tras leerlos en la página descubro que no son para tanto, dijo, y me sonrió. El salón de clases olía a alfombra nueva y lápices con punta recién sacada. Tercer grado de primaria acababa de comenzar y yo era el único alumno nuevo en la clase. Miss Brinkman dijo que no tenía que enseñarle lo que escribiera. Simplemente escribe, mi vida. Si te dan ganas de enseñármelo, lo leeré con mucho gusto. Si no, está bien. Si quieres que platiquemos al respecto, yo estaría encantada también.

Esa tarde regresé a casa y le conté a Josefina lo que había dicho Miss Brinkman. Le mostré el cuaderno. Le expliqué que Miss Brinkman se había referido a él como un *journal*. ¿Cuál es la diferencia?, preguntó Josefina. No estoy seguro, respondí. ¿Supongo que escribes cosas normales en un cuaderno y cosas importantes en un *journal*?

Josefina quería saber si tenía pensado usarlo. No sé, respondí. Está bien bonito, dijo ella. Estábamos apretados en la cocina de la casa chiquitísima a la que acabábamos de mudarnos. Josefina estaba cargando el lavaplatos con ollas y sartenes. Apenas había aprendido a usarlo. ¿Por qué crees que te lo regaló? Nomás, supongo, le contesté. Josefina dijo lo mismo de siempre. No me eches mentiras, Bernardo. Te conozco. Le puedes tomar el pelo a todo el mundo menos a mí. No les digas nada a mis papás, por favor, le dije. ¿Por qué habría de hacerlo?, me preguntó. No sé. ¿Alguna vez les he ido a contar algo que me hubieras pedido que no les contara? No. ¿Y entonces? No sé, dije. Ahora estamos aquí. ¿Y? Las cosas han cambiado. Yo no he cambiado. Soy la misma Josefina de siempre. Me imaginé que era cierto. Josefina seguía llevando el uniforme azul con blanco que vestía en nuestra casa en México, seguía llevando el pelo negro y largo en un par de largas trenzas, su cara seguía luciendo sudada todo el tiempo. ¿Me vas a contar por qué te lo dio? No participo mucho en clase. No platico con nadie en la escuela. ¿Y eso? Eso es lo que Miss Brinkman quería saber. ¿Y? ¿Le contaste? No. Simplemente no me dan ganas de hablar con nadie aquí.

Luego de la cena me fui a mi cuarto y abrí el cuaderno. Nunca había visto uno así. Era blanco con negro, de pasta dura, la palabra COMPOSITION impresa en la carátula. Me quedé observando la página en blanco por un rato. Mamá está tomando clases de natación en la misma alberca que yo, escribí. No me gusta. Cerré el cuaderno y lo guardé en mi mochila. Cuando mis papás y mi hermano menor ya estaban durmiendo, fui al cuarto de Josefina. Seguía despierta, con su bata de dormir de franela decorada con margaritas, leyendo la Biblia. Su cuarto olía a la crema para manos con fragancia a rosas que siempre se untaba luego de lavar los platos. Su cuarto no estaba al fondo de la casa, lejos de los nuestros, como en nuestra casa en México, sino al lado de la cocina, y tenía el mismo aspecto que cualquier otra habitación de la casa. El suelo de todos los cuartos, incluido el de ella, estaba cubierto por una alfombra rasposa de color beige. Si golpeabas en las paredes, incluso en las que estaban cubiertas de azulejo en el baño, sonaban huecas y endebles, como si las hubieran hecho de cartón. Me metí en la cama de Josefina. Estaba súper acogedora y calientita con el calor que salía de su cuerpo enorme. Tienes que dejar de hacer esto, me dijo. Si tus papás se enteran se van enojar conmigo. Me acurruqué a su lado. Ella soltó un suspiro. Me acarició el pelo. Sus manos lucían más viejas que el resto de su cuerpo. Juntó las palmas de sus manos y yo hice lo mismo. Rezamos el padre nuestro y Josefina apagó la luz.

Me despertó temprano a la mañana siguiente, antes de que mis papás abrieran la puerta de su cuarto. Regresé a mi cama y me hice el dormido mientras Josefina preparaba el desayuno para mí y para mi hermano.

Días más tarde, Miss Brinkman me pidió de nuevo que me quedara en el salón al inicio del recreo. Cuando nos quedamos a solas me preguntó cómo iba la escritura. Va bien, dije. ¿Te está sirviendo? No sé. Bueno, tú échale ganas, mi vida. ¿Has hecho nuevos amigos? No dije nada. Cada vez que me llamaba "mi vida" me sentía como uno de los Muppets. Está bien, dijo Miss Brinkman. Lleva tiempo, ¿sabes? Mi familia vivió en Oklahoma hasta que yo cumplí seis años, y luego nos mudamos a California. No fue fácil, dijo. ¿Sabes cómo me decían los niños en la escuela? Me decían Okie. Y casi estábamos en los ochentas.

Tomó tiempo. Y ahora, mírame: soy una auténtica chica californiana, dijo, pero no noté nada peculiar en su aspecto. Nunca había oído esa palabra: Okie. No sabía qué significaba. Miss Brinkman tenía el cabello rizado y de color castaño y unos ojos tan azules que parecían los de una muñeca. Se vestía con esos vestidos largos y coloridos hechos a mano que a los turistas les encanta comprar a los vendedores ambulantes en Vallarta o Cabo. Miss Brinkman sonreía todo el tiempo. Poco a poco te vas a ir acostumbrando, me insistió.

Estaba solo, sentado en una banca lejos de las canchas de basquetbol donde solían jugar los otros niños durante el recreo, cuando se me acercó una niña de mi clase. Su pelo estaba más allá del rubio: era casi albino. Era alta y flacuchísima. Eres bizarro, me dijo. ¿Disculpa? Dije que eres bizarro. Me quedé callado. ¿Ves? Eres un bizarro. Si no fueras un bizarro me contestarías algo.

Sólo hasta que nos mudamos a California me di cuenta de que mamá no sabía nadar. Un día, mientras nos dirigíamos hacia la alberca, le pregunté por qué tenía que tomar clases de natación. Porque quiero aprender, dijo. Pero ¿por qué ahora? Porque antes le tenía pánico al agua, y no quiero tener más miedo. Pero ¿por qué tiene que ser en la misma alberca, al lado mío? Me gusta que podamos hacer una actividad juntos, ¿qué tiene de malo? Es bizarro. Mamá soltó una carcajada. ¿Bizarro? ¿De dónde sacaste eso?

Eran más de las diez cuando Josefina cerró su Biblia y juntó las palmas de las manos, y yo la imité. ¿Por qué estamos aquí?, le pregunté con las luces apagadas. ¿Por qué tienes que hacer la misma pregunta cada noche, Bernardo? Porque quiero saberlo. Ya te dije. Tu mamá y tu papá decidieron venirse para acá y me pidieron que viniera con ustedes. No me explicaron por qué. No es asunto mío. Eso no es cierto, dije. Tú sabes por qué nos mudamos pero no me lo quieres contar. Josefina había cocinado entomatadas para la cena de esa noche, y algo en ella, sus manos o su ropa, olía a cebolla acitronada, lo que me hizo pensar en nuestra casa, en México. ¿Alguna vez te he soltado una mentira? No sé. Cuidadito con lo que dice, joven, o si no lo mando a su cuarto. ¿Alguna vez te he soltado una mentira?

La misma niña del otro día se volvió a acercar en el recreo. ¿Qué ondas, bizarro? ¿Eres bizarro porque eres mexicano o eres bizarro porque eres un bizarro? Yo estaba sentado en la banca. Ella se paró frente a mí, su cuerpo proyectándome una sombra en la cara. ¿Y tú eres fea porque eres güera o nomás porque eres fea?, le respondí. ¿Cómo me acabas de decir? No le respondí. Repite lo que me acabas de decir o si no te acuso con Miss Brinkman. Si tú me acusas yo te voy a acusar de decirme bizarro. ¿Cómo me llamaste? Güera. ¿Y eso qué significa? Si no lo sabes, es tu problema, güereja. Fue lo máximo, la cara que puso.

Días después, uno de los niños en mi clase de natación me preguntó por qué mi mamá también estaba tomando clases ahí, si de donde yo había venido los adultos no sabían nadar. Cuando íbamos de regreso a casa le dije a mamá que quería que dejara de tomar clases. ¿Por qué me estás pidiendo eso? Los niños en mi grupo se están burlando de mí. ¿Por qué? Porque no sabes nadar. Bueno, dijo. Se miró en el retrovisor del coche y se acomodó el cabello. Todavía lo tenía húmedo y desmelenado por el agua de la alberca y se le vía más oscuro de lo normal. La próxima vez que se burlen de ti, pídeles que lo hagan en español. Cuando esos niños aprendan a burlarse de ti en español, yo dejaré de tomar clases de natación en esa alberca.

Noches más tarde escribí en el cuaderno: "Se llama Ambrose y hoy se volvió a acercar. Vino y al principio simplemente se me quedó viendo sin decir nada. ¿Qué?, le dije. Nada, sólo te miro, respondió. Bueno, pues no soy un mono de feria, así que deja de mirarme. Le ganó la risa. Sí lo eres. Eres un mono bizarro. Un babuino. Me hizo gracia, la manera en que lo dijo. Deja de decir que soy bizarro. No me gusta".

Al día siguiente, Josefina fue a recogerme a la escuela. En lugar de ir de uniforme, iba vestida de domingo, como si hubiera ido a la iglesia. Me dio gusto verla, pero quería saber dónde estaba mamá. Dijo que estaba en la sala de emergencias con mi hermano. Su maestra de kínder había llamado para reportar que Maximiliano había saltado de la parte alta de la resbaladilla y que su brazo no lucía bien. En México Josefina jamás me habría ido a recoger simplemente porque mi mamá no hubiera podido. Una de mis tías, o el chofer de papá, habrían ido en su lugar. Cuando mamá y Max regresaron a casa esa tarde mi hermano traía el brazo derecho enyesado. Me presumió las tutsipops que le regalaron las enfermeras por ser tan valiente. Eran de colores verde y púrpura, brillantes e intensísimos. Esa noche escribí en el cuaderno: Max está zafado. Estoy seguro de que se aventó de la resbaladilla a propósito. Estoy seguro de que él también detesta estar aquí.

Unas noches después Josefina me preguntó si estaba escribiendo muchas cosas en mi cuaderno. No muchas, unas cuantas nada más. ¿Me puedes contar qué has escrito? Vaciladas, eso es todo. Ándale, cuéntame. Si te cuento, ¿me prometes que no se lo dirás a nadie? Estás hablando con Josefina, la misma vieja de siempre, Bernardo, ¿qué pregunta es esa? Le conté que estaba escribiendo sobre las clases de natación que estaba tomando mamá y lo mucho que las odiaba. Bueno, si fuera tú, dijo, yo estaría orgullosa de ella. Hace falta ser muy valiente para hacer lo que ella está haciendo a su edad. ¿Por qué?, le pregunté. Porque el miedo es como un conjuro, Bernardo, el miedo puede engarrotarte. Yo sé lo que se siente. Yo tampoco sé nadar. Por un momento me imaginé a Josefina tomando clases de natación en la misma alberca, junto a mí y a mamá. Deberías sentirte orgulloso de ella, insistió. Deberías sentirte orgulloso de tus papás, Bernardo. Los dos son unas personas muy valientes.

Días más tarde escribí en el cuaderno: "Soy un mentiroso. No es cierto que Ambrose sea fea; en realidad es muy bonita. Hoy le dije eso y me disculpé por haberme metido con ella. O sea, no le dije que era guapa, sólo le dije que nunca fue mi intención llamarla fea. Ambrose dijo que le había dicho otra cosa más. Le dije que le había dicho güera. ¿Y eso qué tiene de malo?, preguntó. Nada, dije. Bueno, pues yo sigo pensando que eres bizarro, dijo, pero como bizarro bien, ¿sabes? ¿Cuál es la diferencia?, le pregunté. No sé, respondió. Sólo sé que hay una diferencia".

Veo que has hecho amistad con Ambrose, me dijo Miss Brinkman durante nuestra charla semanal. Esta vez estábamos sentados en la esquina del salón donde solíamos contar historias, rodeados de cojines cuadrados rojos, verdes, amarillos, púrpuras y fulgurantes. Te dije que era cuestión de tiempo, mi vida. Asentí sin decir nada. ¿Cómo vas con eso de la escritura? Ahí la llevo. ¿Te está ayudando a sentirte mejor, más como en casa? Era tan fastidiosa la manera que tenía de hacerme preguntas. Ésta no es mi casa, le dije. Ya me siento mejor, pero ésta no es mi casa. Miss Brinkman hizo como si fuera a acariciarme el cabello, pero se detuvo. Lo será, mi vida. Incluso aunque ahora te cueste trabajo verlo así, lo será.

Luego de mi conversación con Miss Brinkman me fui al patio y me encontré a Ambrose sentada en la banca donde nos reuníamos siempre, parecía como si me estuviera esperando. Le conté sobre las clases de natación de mi mamá. Nada de un lado al otro de la alberca agarrada de una tablita de unicel toda colorida, pataleando en el agua con fuerza. Es una ridiculez, dije. ¿Por qué te molesta tanto? Mi mamá está tomando unas clases de yoga en las que se encierra con una horda de gente en un cuarto que está como a quinientos grados centígrados y todo el mundo acaba sudando como pollo en rosticería. Eso sí da vergüenza. Y asco, dije. Exacto. ¿Qué tiene de malo tomar clases de natación? Nada. Simplemente que no me gusta que esté ahí al mismo tiempo que yo. ¿Tu mamá se pone flotadores o algo así? Los dos soltamos una carcajada. No, pero igual.

Esa noche le pregunté a Josefina si extrañaba México. Dijo que no todos los días, sólo de vez en cuando. Dijo que le gustaba Palo Alto, le gustaba que podía ir caminando al súper sin tener que preocuparse de que alguien le arrebatara la bolsa o quisiera asaltarla. Le gustaba que nadie se metiera con ella en el autobús cuando iba a la iglesia, que en la casa que habitábamos ahora hubiera un lavaplatos y así ya no tenía que lavar los trastes a mano, pero sí extrañaba a sus hermanas o ir de visita a su pueblo los fines de semana. Le pregunté si tenía ganas de regresar. Se quedó pensando un rato, mirando su Biblia. Ya había pegado fotos de su familia y una imagen enmicada del Sagrado Corazón de Jesús en la pared arriba de su cama. Su cuarto era el único de toda la casa que estaba decorado. Siempre he vivido con tu familia. Los conozco a ti y a Maxie desde el día que nacieron, tú eras del tamaño de una papaya la primera vez que te tuve en mis manos, y casi tan pesado. Nos reímos los dos. Ustedes son como mis hijos, me dijo. Josefina no tenía hijos ni esposo, ni siquiera novio. Si alguna vez tuvo uno, nunca lo conocí. ¿Crees que algún día volveremos?, le pregunté. No lo sé, Bernardo. Sí lo sabes, pero no me lo quieres decir. ¿Me está llamando mentirosa, joven?

He estado pensando en lo que me dijiste sobre tu mamá y sus clases de natación, dijo Ambrose durante el recreo unos días más tarde. Dijo que sabía cómo hacer que mamá se diera por vencida. Tienes que ponerla en ridículo enfrente de todo el mundo en la alberca. Le pregunté si ella hacía lo mismo con su propia madre. Por supuesto, funciona todo el tiempo. Pero la tienes que poner en ridículo en serio, mal plan, onda no-es-cier-to. No estaba seguro de que Ambrose tuviera razón. No estaba seguro de querer seguir su consejo. Y aunque quisiera, ¿cómo podría hacer algo así? Bueno, necesitas un plan, babuino, dijo Ambrose. Ponte las pilas, güey. Me gustó la manera como me llamó babuino, pero no le dije nada.

El tiempo empezó a cambiar, cada vez hacía más frío. Comencé a participar más en clase, respondiendo a las preguntas más simples que formulaba Miss Brinkman. Se le veía contenta. Incluso me dijo que ya no hacía falta que nos reuniéramos para hablar cada semana. Me dio tanta emoción verme liberado de esa tortura que hasta me dieron ganas de abrazarla. Pero si te sientes con ganas de platicar siempre puedes venir a verme, mi vida. Mi puerta siempre estará abierta. Le dije que sí con la cabeza. ¿Cómo va la escritura? Ya no estoy escribiendo, dije.

Miss Brinkman se puso seria al principio, pero luego me regaló una sonrisa, como siempre. Bueno, a lo mejor eso es porque ya no te hace falta, ¿verdad? Asentí nada más. Si te dan ganas de volver a escribir, no lo dudes, mi vida. Escribir siempre ayuda mucho.

Esa noche papá cenó con nosotros. La mayoría de las noches no era así. Su trabajo en la universidad lo mantenía ocupado todo el tiempo. Josefina estaba sirviendo su mítico flan al final de la cena cuando les pregunté a mis padres si íbamos a regresar a México para Navidad. Papá no respondió, más bien dijo que había estado pensando que podríamos pasar las vacaciones de diciembre en Hawaii; aseguró que unos compañeros suyos de Stanford le habían contado que era un lugar increíble para pasar las fiestas decembrinas. Mamá dijo que le parecía una idea súper. Dicen que el clima allá es divino en esa época del año, dijo. Pero siempre pasamos Navidad en casa del abuelo, le respondí. ¡Sí, el abuelo!, dijo Max así nomás, de la nada. Mis papás se quedaron mirando. Papá dijo que estaban remodelando la casa del abuelo y que este año tendríamos que celebrar en otro lado. Entonces podríamos cenar en casa de alguno de mis tíos, insistí. Josefina apareció por la puerta de la cocina y preguntó quién quería que le sirviera más flan. Nunca nos ofrecía una segunda ración de postre si mis papás estaban delante, pero esa noche sí lo hizo.

Pasé esa noche y la siguiente tirado en mi cama, tramando mi plan de ataque. Ambas noches perdí la noción del tiempo, y cuando me di cuenta y fui al cuarto de Josefina, ya estaba dormida. Me escurrí en su cama y empujé con fuerza su cuerpo inabarcable para que me hiciera un hueco. Se hizo a un lado pero no despertó. A la mañana siguiente de la segunda noche que hice lo mismo no me preguntó qué quería de desayunar, simplemente agarró la primera caja de cereal que encontró en la despensa y me sirvió un plato con leche fría. Algo está pasando y no me lo quieres contar, Bernardo, me dijo. Te conozco. A mí no me engañas. No dije nada. Tenía tantas ganas de confesarle lo que me mantenía despierto por las noches, pero no podía.

Ambrose se ofreció a ayudarme con el plan, pero le dije que no hacía falta. Me daba vergüenza contarle los detalles de lo que estaba tramando. La idea de decepcionarla me ponía nervioso. Me preguntó si estaba listo para el gran día. Le dije que yo creía que sí. Bueno, te deseo suerte, babuino, me dijo. Me llenó de inquietud la manera como lo dijo.

Ocurrió un lunes. Antes de irnos a clase de natación, fui corriendo al baño, saqué la botella de un litro de agua mineral que tenía escondida debajo del lavabo y me la tomé toda de un solo trago. Mamá ya me estaba esperando en la calle. Cuando finalmente me subí al coche se me escapó un eructo. Mamá me preguntó si estaba bien. Le dije que sí. Durante el resto del trayecto a la alberca no dijimos nada más.

Estábamos a mitad de la clase cuando comenzó a dolerme la vejiga. Mamá nadaba a dos carriles de distancia de donde me encontraba yo, haciendo rondas de patada libre, agarrada a su tablita cargada de colores. Su entrenadora la felicitó por su técnica. ¡Buen trabajo, Carolina!, le gritó desde la orilla. Al final de la clase, mi entrenadora nos estaba explicando cómo quería que mejoráramos en mariposa y dorso, los estilos que habíamos entrenado ese día, cuando escalé fuera de la alberca y me puse de pie en el borde. La entrenadora me miró con una mueca de intriga. Esperé a que mamá alcanzara el otro lado de la alberca, y cuando lo hizo, le grité para que volteara.

¡Mamá, mamá!, la llamé a gritos. Se quitó los *goggles*, me devolvió una sonrisa infinita y agitó la mano en el aire como si fuera la concursante de un certamen de belleza. Todo el mundo me estaba mirando. Me bajé el traje de baño y apunté hacia la entrenadora. El chorro de orina le dio en la gorra de natación, justo a la altura donde le nacía el pelo, salpicando en sus clavículas, el pecho, la punta de su nariz. Soltó un chillido y dio un salto hacia atrás como un chapulín pero trabajosamente, como si se moviera en cámara lenta dentro del agua. Luego apunté hacia los niños. Comenzaron a zarandearse como si fueran caracoles rociados con limón, dando gritos. La entrenadora aulló mi nombre. Uno de los niños comenzó a llorar y a llamar a su mamá. ¡Basta!, gritó la entrenadora. ¡Basta! No podía, incluso aunque hubiera querido. Tuve que mirar hacia otro lado. Gritos y más gritos comenzaron a surgir de todas partes. A lo mejor mamá también comenzó a gritar pero no me di cuenta, no pude ver cuál era su reacción porque no estaba mirando. La cara me ardía fuera de control.

Me quedé a la orilla de la alberca con los ojos cerrados y el traje de baño, helado y rasposo, enredado alrededor de los tobillos. Sentí que pasaron años antes de que pudiera oír a mamá acercándose, gritando ¡lo siento!, ¡lo siento! con tanta fuerza que parecía como si estuviera ofreciendo disculpas a cada una de las personas que estaban en la piscina. Me subió el traje de baño, me envolvió en una toalla y en volandas me sacó del club de natación. No me decía nada, sólo seguía gritando ¡lo siento!, ¡lo siento! como si fuera una súplica.

Cuando llegamos al coche yo estaba tiritando. No lograba recordar la última vez que mamá me había dado una nalgada. Abrí los ojos, esperando ver la furia deformándole la cara, pero la encontré envuelta en su toalla, goteando desmelenada, cubriéndose el rostro humedecido. Cuando logró tranquilizarse me pidió que me pusiera la ropa dentro del coche. Luego me pidió que esperara al aire libre a que ella se cambiara. Hacía frío afuera, estaba oscureciendo. Okay, ¿se te antoja una hamburguesa y una malteada?, me preguntó cuando los dos nos encontrábamos ya en el interior del coche. Sonaba exhausta. No respondí. No sabía qué decir. Me preguntaba si alguna vez sería capaz de volver a mirarla a los ojos. Tomó su celular, llamó a casa, y le dijo a Josefina que cenaríamos fuera. Le pidió que le diera de cenar a Max y se asegurara de que estuviera en la cama a las ocho y media.

Mamá manejó hacia el centro. Cada vez que volvíamos de las clases de natación solía poner las noticias en la radio, pero esa noche eligió una estación que tocaba música clásica. Estacionó el coche en la calle y caminamos en silencio hasta la Palo Alto Creamery. Mamá pidió que nos dieran una mesa de esas que en lugar de sillas tienen un sillón circular alrededor. Se sentó en un extremo y yo en el otro, y quedamos mirándonos frente a frente. Cuando la mesera nos trajo las cartas mamá dijo que podía ordenar lo que yo quisiera. Pedí una hamburguesa con chili y una malteada de galletas Oreo extra espesa con crema batida y chocolate derretido. ¡Excelente elección!, dijo la mesera mientras hacía anotaciones en su libretita. Mamá pidió una sopa de fideos con pollo y pidió ver la lista de vinos. La mesera dijo que no tenían lista de vinos. Mamá pidió un té.

Okay, Bernardo, ¿qué está pasando?, me preguntó mamá cuando la mesera nos dejó a solas. Al principio no respondí. Mamá dijo que no estaba enojada, pero que lo estaría si no le contaba la verdad. Tragué saliva. Quiero que dejes de tomar clases de natación conmigo. Mi voz temblorosa apenas podía oírse. Mamá largó un suspiro. Tú sabes que lo que estás diciendo es una pendejada, ¿verdad? Nunca había oído a mamá utilizar esa palabra. Quiero la verdad, Bernardo. Por favor. Sonó como si fuera un ruego. Tenía la cara de alguien que no hubiera pegado el ojo en semanas. No me gusta este lugar, le dije, y me sonrojé. La casa donde vivimos parece de juguete. Extraño nuestra casa. Extraño a mis primos, a mis amigos, al abuelo. Yo también los extraño, dijo mamá. Sonaba como si hubiera envejecido décadas enteras en las últimas dos horas. No sé qué estamos haciendo aquí, y cada vez que pregunto por qué nos vinimos para acá o cuándo vamos a regresar a México todo el mundo se hace menso o me echa un cuento. No lo soporto, le dije, y empecé a llorar. No podía contener las lágrimas y me sentía avergonzado. Parecía como si mamá estuviera a punto de ponerse a llorar también. Se deslizó en el sillón alrededor de la mesa hasta alcanzarme, y me abrazó. Al oído susurró mi nombre un par de veces y hundió mi cabeza en su pecho. Estaba tibio. Para mi sorpresa, no olía a cloro. Olía a perfume, a flores. Permanecimos así hasta que la mesera apareció de nuevo.

"Alrighty!" La mesera colocó la comida frente a nosotros y reacomodó lo que estaba en la mesa a toda prisa para que mamá no tuviera que cambiarse de lugar. "Enjoy, folks!", nos dijo y desapareció. Mamá tomó una cucharada de sopa y dijo que sabía rica. Me preguntó si quería probarla, pero le dije no, gracias. Le di una mordida a mi hamburguesa. Estaba dulce y chiclosa, como un malvavisco. No pude terminármela.

Sé cómo te sientes, Bernardo, dijo mamá cuando habíamos acabado de cenar. No está bien mentir, pero explicar por qué estamos aquí tampoco es sencillo. Lo que tú y tu hermano tienen que saber es que mamá y papá los queremos mucho, muchísimo. Estamos haciendo todo esto por ustedes, hijo. Mamá, dime por qué nos vinimos para acá. Porfa. Parecía que iba a decir algo, pero se detuvo. Insistí. Porfa, porfa, porfa, porfa. ¡Está bien!, respondió, alzando la voz. Pero no le puedes contar nada de esto a Maxie, y ni se te ocurra contarle a tu papá que estuvimos platicando. Si alguna vez se entera, me mata. Asentí. Le cambió la cara. Se quedó un rato en silencio, pensando. Luego dijo que había unos señores muy malos en México que querían quedarse con todo lo que teníamos. Comenzaron a llamar a la casa cada noche para decir que si no les dábamos lo que pedían nos harían daño a nosotros, o a ustedes, o incluso al abuelo. No podíamos permitirlo, dijo mamá. Así que tuvimos que poner distancia. Vamos a tener que quedarnos aquí por un tiempo, hasta que esos señores se olviden de nosotros. Quería saber por qué esos señores querían quedarse con nuestras cosas y por qué no podíamos hacer nada para impedirlo. Quería saber cuánto tiempo tendría que pasar antes de que pudiéramos volver a México, pero mamá no me dio tiempo de preguntar. Miró el reloj en su muñeca y dijo que se estaba haciendo tarde. Pidió la cuenta. Todo va a estar bien, Bernardo, te lo prometo, me dijo. Vamos a estar mejor. Va a estar padre conocer todo esto. ¿No hay nada de aquí que te guste, ni siquiera un poquito? ¿No es precioso este lugar? Sólo dije que sí con la cabeza. Cuando íbamos hacia el coche nos quedamos parados un momento afuera del restaurante y ella me estrujó en sus brazos como hacía mucho tiempo no lo hacía. Mi bebé, mi bebé hermoso, me susurró en el oído.

De camino a casa mamá me preguntó qué había pasado en la alberca. Le dije que lo sentía muchísimo. Tenía ganas de agregar algo, pero no dije más. No podía. Primero mamá dijo que obviamente eso no podía volver a repetirse. Cuando lo dijo intentó sonar severa. Lo que hiciste fue una estupidez, Bernardo, me dijo después con la voz de siempre, mirándome por el retrovisor del coche. ¿De dónde sacaste esa idea? Me quedé callado. Qué vergüenza, Bernardo. ¿En qué estabas pensando? Vamos a tener que mandarle flores a esa pobre entrenadora. Vas a tener que escribirle una nota, ¿oíste? ¡Y esos pobrecitos niños! ¡Y sus papás! ¡Ay, Dios mío, Bernardo! Sonaba compungida, pero no podía dejar de sentir que estaba a punto de ganarle la risa. No podemos regresar a esa alberca, le dije. Eso es seguro, dijo ella. Ya encontraremos otra, Bernardo. No es el fin del mundo.

Mamá, le dije cuando estaba estacionando el coche afuera de la casa, ¿Josefina sabe por qué estamos aquí? Me miró a través del espejo retrovisor con las llaves del coche envueltas en una mano. Dijo que Josefina llevaba con nosotros una eternidad. Dijo que era como si fuera parte de la familia. Sólo Dios sabe la de cosas que Josefina sabe de nosotros, Bernardo.

Esa noche la luz en el cuarto de Josefina permaneció encendida hasta muy tarde. Sabía que me estaba esperando. Cuánto deseaba ir con ella, acurrucarme a su lado y contarle todo lo que había pasado ese día, lo que había sucedido en la alberca, el pavor que sentía de ir a la escuela a la mañana siguiente. Quería contarle lo que me había contado mamá en el restaurante, contarle lo que había dicho en el coche, contarle cómo me sentía. Pero no hice nada. Cerré la puerta de mi cuarto, me metí en la cama y apagué la luz, pero no logré conciliar el sueño. Tuve que tirar de la cuerda de la lámpara y encenderla de nuevo.

Chirimoyas de papel maché

Conocí a Laura el día que Michael Jackson y mi lavadora pasaron a mejor vida. Fue a finales de junio, una ventolera indómita se había apoderado de Austin, el calor lo había puesto todo de color amarillo: el cielo ardía en un anaranjado intenso. Un incendio forestal impenetrable devoraba el Hill Country y los locutores de los noticieros locales comenzaron a anunciar el fin del mundo. Era jueves y, sin motivo alguno, llamé a la oficina para reportarme enfermo.

—¿Es la primera vez que pisa un *laundromat*? —elegí esa palabra porque me pareció que sonaba mejor que *washateria* y porque en cuanto vi a Laura sentí un deseo insaciable por impresionarla. De inmediato supe de dónde venía. La gente como nosotros podía reconocerse a kilómetros de distancia. Éramos una tribu de náufragos exageradamente bien vestidos, flotando a la deriva en un rincón perdido del mapa norteamericano.

—¿De verdad tengo que responder a esa pregunta? —me respondió en español mientras estudiaba con desdén los botones en el tablero de control de la lavadora.

—Utilizar estos chunches es pan comido, a diferencia del avión que seguramente tiene en casa.

—Como si supiera cómo funciona ése.

—Por supuesto —le dije, y sonreí—. ¿Le puedo preguntar por qué está haciendo esto usted misma?, ¿por qué no se lo pidió a alguna de sus empleadas domésticas?

—me preguntaba si en Austin seguía teniendo sirvientas de planta como sin duda habría tenido en México, o si ahora sólo podía pagarlas de entrada por salida. Me pregunté si la suya era una de esas familias que habían cargado hasta con las criadas que llevaban toda la vida con ellos y, una vez aquí, preferían llamarlas *family assistants*. Me preguntaba cuánta servidumbre había llegado a acumular, cuánta le quedaba ahora y si lloraba cada noche pensando en lo que había perdido.

—¡Agh! —escupió mientras arrojaba unas piezas de ropa impolutas y perfectamente dobladas al interior de la máquina—. Mejor ni empieces.

La inutilidad de Laura estaba envuelta en una fina capa de arrogancia que la hacía lucir odiosa e irresistible, un objeto que daban ganas de tocar. Se había teñido el pelo del mismo tono de las explosiones en el sol. Me parecía que eso la hacía verse más vieja. A manera de aretes llevaba un par de perlas. "La verdadera clase de una mujer se demuestra en cómo porta unas perlas", solía decir mi abuela. Los diamantes son caros e impresionan fácilmente, no tienen chiste. Las perlas son otra cosa. No cualquiera sabe lucirlas con distinción.

Se había olvidado de llevar detergente y suavizante, igual que yo. Compré un par de paquetes individuales de Tide y una botellita de Downy en una máquina expendedora, y puse ambas máquinas en funcionamiento. La lavandería estaba fría y casi desierta. Además de nosotros, había un hombre mayor asiático doblando una tras otra varias camisetas deportivas de tela sintética y una latina obesa con dos escuinclas que jugaban a las traes por todos lados, llenando el espacio de risas y aullidos. Eran molestas y escandalosas, pero no tuvimos la fuerza para decirle nada a la mamá. "Esta gente no tiene remedio", fue todo lo que expresó Laura.

Nos sentamos a esperar frente a una larga fila de secadoras monumentales con puertas de cristal. Dos inmensos televisores de plasma sin volumen mostraban un reportaje sobre la industria automotriz en Detroit: las mismas imágenes mudas se repetían *ad infinitum* como un sueño recurrente. De vez en cuando yo miraba de reojo a las pantallas, pero Laura las ignoró por completo. Nuestra mirada estaba puesta en los jeans y las pantaletas y las faldas que giraban en balsámicos torbellinos de aire caliente, despojándose de toda humedad al interior de los gigantescos armatostes, un grupo de bailarines haciendo malabares en las nubes, retumbando en sincronía como si los cuerpos de los propietarios de esas prendas hubieran salido volando, traspasando los límites del cielo, y se hubieran desvanecido al contacto con un reino más dichoso que el nuestro.

—¿De dónde es usted? —le pregunté.

—De la ciudad de México.

—Eso ya lo sé —Laura dejó asomar media sonrisa—. Quiero decir, ¿de qué parte de la ciudad?

—¿De qué parte crees que soy?

Incipientes patas de gallo le poblaban los recodos de la vista. Llevaba muy poco maquillaje, algo rarísimo en un ama de casa mexicana. En pocos minutos Michael Jackson llegaría a su fin y el mundo entero ya no sería el mismo. El nuestro también cambiaría para siempre, pero yo no lo sabía. Laura sí. Su cuerpo carnoso iba envuelto en un vestido de lino azul marino decorado con lirios de tono violeta que hacían juego con su bolso vintage de color mostaza marca Gucci, el cual yacía encima de la lavadora como un oso hormiguero en una ganadería.

Cada vez que recuerdo a Laura en ese vestido, siento cosquillas en los huevos.

—Parece del sur.

Soltó una risita.

—Vas bien, paisanito. Ahí la llevas.

—Yo diría que Chimalistac.

Miró por la ventana, ahogando la risa. ¿Me acababa de llamar paisanito?

—Crecí en Polanco, pero me mudé a San Ángel cuando me casé. La familia de mi marido siempre vivió ahí —Laura se puso de pie y fue a tomar su bolso. Sacó su teléfono y se puso a deslizar un dedo arriba y abajo de la pantalla, como si estuviera revisando sus mensajes. Tomé el mío y comencé a imitar cada uno de sus movimientos, preguntándome de qué color serían sus pezones.

Al igual que Laura, yo aún vivía bajo los efectos de haber tenido que abandonar la ciudad donde nací. Trabajaba para el Departamento de Protección a Mexicanos del consulado, haciendo encargos absurdos como visitar a indocumentados que aguardaban en prisión a ser deportados, fingiendo interés para hacerles creer que a alguien le importaban. La Secretaría de Relaciones Exteriores acababa de transferirme de Raleigh a Austin. Me había mudado a Raleigh desde la ciudad de México en primer lugar porque mis papás me rogaron que aceptara el trabajo que mi papá me había conseguido en el servicio diplomático. Ellos mismos acababan de mudarse a La Jolla, hartos de ver cómo, uno a uno, sus amigos iban desapareciendo a plena luz del día, cansados de preguntarse cada mañana cuándo les llegaría el turno. Yo no quería marcharme. Acababa de conseguir mi primer trabajo como periodista en *El Financiero*, pero papá dijo que si me quedaba era casi como si ellos no se hubieran ido de México.

En los días posteriores a mi llegada a Carolina del Norte comencé a tener sueños en los que mis amigos de México me llamaban desde Butner pidiéndome ayuda, pero cuando llamaba a la cárcel me enteraba de que ya habían sido deportados con paradero desconocido. Comencé a soñar con mi abuela, enfundada en uno de esos vestidos de una pieza brillantes y sedosos que le encantaba ponerse y que olían a talco para bebé. La veía en la sala de su casa, tejiendo, tarareando "Solamente una vez" como si se tratara de una canción de cuna. Murió sola en su departamento de Cofre de perote una mañana de invierno, al año siguiente de que yo me marchara de México.

—Déjame ver tus manos —dijo Laura. Se las ofrecí con las palmas mirando al cielo.

Al principio las envolvió con cuidado con sus propias manos, como si estuviera entrando en contacto por primera vez con un objeto extraterrestre. Me masajeó los nudillos con sus dedos más largos y las palmas con los pulgares, como lo habría hecho una madre; las puntas de sus dedos a temperatura ambiente y flamantes, del color de la carne de puerco cuando está fresca.

—Qué manos más divinas —dijo—. Tan suaves, tan lozanas. ¿Cuántos años tienes?

—Veintiséis.

Me miró a los ojos marcándome con una sonrisa.

—Yo tengo cuarenta y cinco —dijo—. Ya está, ya lo solté. Ahora hagamos como que no dije nada.

—No tengo un problema con eso —dije, mis manos en sus manos.

—¿Hay algo más que quieras saber antes de pasar a otros asuntos?

—Dijo que estaba casada.

—Lo estoy —respondió en un suspiro que le arrugó la cara—. Nos mudamos a Austin hace cinco años, pero mi marido sigue pasando la mayor parte del tiempo en México, atendiendo el negocio, o al menos eso es lo que dice. Tenemos dos hijas, una está por terminar la universidad, la otra apenas empezando. Las dos viven en la costa este. Yo sigo aquí varada, en esta metrópolis inabarcable e hipercosmopolita infestada de pickups, topándome con ciervos y zopilotes en cada pinche esquina. Un sueño hecho realidad, ¿verdad?

Tenía ganas de saber por qué había salido de México, pero no quise preguntar.

—¿Y tú, de qué parte de la ciudad eres? —la cara de Laura se llenó de nuevo de luz y alborozo.

—¿Va a adivinar de dónde vengo simplemente con fajarme las manos?

—¿Y por qué no? —olía a perfume clásico, tal vez Chanel No. 5—. ¿Te da cosa que te toquen? ¿Tan rápido te volviste gringo?

—No es eso, señora. Sólo me estoy haciendo un poquito del rogar. Creí que eso le gustaría.

—Definitivamente eres del sur. ¿Jardines del pedregal?

Me ganó la risa. Escondí las manos en los bolsillos de mi pantalón y le planté un beso fugaz en la mejilla. Su piel era un melocotón.

Luego vimos cómo nuestra ropa limpia se volvía indistinguible dando tumbos al interior de los aparatos. Laura descansó su cabeza sobre mi hombro.

—Dame tu teléfono —me dijo.

Apuntó con la cámara hacia nosotros, su brazo fino, desnudo y extendido, la piel guanga y cubierta de pecas, al tiempo que pegaba su cara contra la mía. Cerró los ojos y tomó la primera instantánea. En los días que vinieron después habríamos de fotografiarnos como dos enajenados. Fotos de los dos comiendo pulpo crudo, fotos de los dos en la cama con las colinas en llamas de fondo. Fotos de mí pasando los dedos por el costado de sus senos. ¿Qué pensarían sus hijas si vieran estas imágenes?, le pregunté. ¿Qué pensaría su esposo? Dijo que le tenía sin cuidado, y siguió fotografiándonos al estilo *amour fou*.

Hizo como si fuera a lamerme el lóbulo de la oreja y exclamó:

—Una más. Di: ¡pa' siempre!

La lavandería estaba llenándose de gente, jóvenes parejas de hípsters, hombres de mediana edad, madres solteras fodongas perseguidas como rémoras por una legión de chiquillos latosos. La idea de lavar tu ropa en público, rodeado de desconocidos, me parecía tan trágica que no dejaba de preguntarme qué hacía Laura ahí por voluntad propia, qué la había llevado hasta ese lugar.

—Todavía no me has dicho tu nombre.

—Plutarco. Plutarco Mills.

—Un portento de nombre para un muchacho rabiosamente apuesto —dijo Laura—. Yo creo que hemos dejado de compartir el mismo verbo, señor Mills —a partir de ese momento, siempre se refirió a mí por mi apellido. Eso me ponía cachondo. El sonido de mi nombre saliendo de sus labios hacía que los brazos y las orejas me temblaran. Si hubiera sabido lo que iba a suceder más adelante, habría grabado con mi teléfono su voz.

—Claro que sí —le dije, retándola—. No sólo usamos las mismas palabras sino que reaccionamos a los mismos impulsos —escuchar a Laura me hacía sentirme como en casa: el tono que convertía cada una sus frases en una pregunta transformaba las dudas posibles en un oasis de calma, un remanso que me resultaba familiar.

—Por supuesto que no, señor Mills. Usted está joven y todavía cree en cosas como el amor y el futuro. Yo no tengo estómago para desengañarlo, por lo menos mientras siga teniendo las muñecas pegadas a las manos, pero una cosa sí le voy a decir —dijo, y guardó silencio por un instante—. La diferencia más abrumadora que hay entre nosotros y otras parejas no es lo que usted cree, esas cursilerías impúdicas que lo están poniendo como loco pero que a mí me dan flojera. La diferencia entre nosotros, señor Mills, y ellos, todos ellos, es que las palabras que brotan de su boca, hasta las más sosas, estallan como chirimoyas de papel maché en los cuatro costados de mi corazón.

Imaginé de pronto mi lengua entrando por su boca, mojada, púrpura y erecta. Las secadoras dejaron de funcionar con un zumbido y nuestras prendas ardientes se precipitaron al fondo de los armatostes como si algo les hubiera de súbito chupado la existencia.

—¿Le gustaría salir conmigo, señor Mills? —me preguntó mientras sacábamos la ropa y la aventábamos a unas canastas de plástico: dos montañas coloridas de tela indistinguible que no tenían pies ni cabeza.

Salimos al encuentro del aire turbio de la tarde, que se sentía pesado y metálico en la boca. El inesperado sabor a polución y escombro quemado que nos llegaba en ráfagas de viento me transportó de regreso a la ciudad de México. Laura levantó la cara hacia el firmamento y dio un suspiro lento y larguísimo, y entonces comprendí que los dos estábamos sintiendo lo mismo. La nostalgia es la forma más triste de alegría.

—Una cosa más —dijo en la puerta de su Porsche Cayenne color azabache—. Ni se preocupe por traer preservativos. Me tiene absolutamente sin cuidado.

—¿Y qué pasa si a *mí* sí me importa?

—Déjeme preguntarle algo, señor Mills —dijo Laura con una voz frágil que no correspondía con el aire mandón de sus palabras—. Este juego no va a durar mucho. ¿Es usted lo suficientemente hombre como para cederle el control a una mujer?

—¡Señor Mills! —gritó Laura por el teléfono—. ¡Tenemos que celebrar!

Era el mediodía del viernes y habíamos quedado de vernos hasta el sábado. Los noticieros y diarios de ese día habían amanecido colapsados por rumores de que Michael Jackson se había quitado la vida y reportes de que el incendio forestal originado en el Hill Country había alcanzado la orilla del Lago Travis. Bomberos de todos los rincones de Texas y Oklahoma corrían en nuestra ayuda al tiempo que los clásicos de Jackson de los setentas y los ochentas copaban las listas de éxitos.

—¿Y eso por qué?

—Ah, eso es sorpresa. ¿Nos podemos ver ahorita?

—Estoy ocupado con algo —dije en voz baja para que sólo ella pudiera escucharme.

Me encontraba en el hospital Brackenridge, haciendo de intérprete para una familia del Estado de México. La noche anterior su hijo adolescente había recibido una paliza tremenda afuera de un antro gay en la calle East Cesar Chávez; posteriormente, un grupo de amigos no identificados lo había dejado a la puerta de la sala de emergencias. La mamá del chavo era gordita y diminuta. Lucía devastada, su piel del color de un trozo de cartón abrasado por el calor de Texas. Su marido, que llevaba puesta una raída cachucha de los Longhorns, me explicó que eran de Ixtlahuaca. Dijo que seguramente yo nunca había oído hablar de ese lugar y en realidad sí porque la mayoría de las sirvientas que habían trabajado en mi casa habían salido de ese pueblo. El señor llevaba varios años viviendo en Austin, pero su mujer y su hijo acababan de llegar el año anterior. El chavito tenía diecisiete años pero siempre había mostrado un talento artístico enorme, dijo el papá. La frase *talento artístico* sonaba forastera en su boca. Quería ser cineasta; había pasado los últimos meses trabajando en su primer proyecto, apoyado por su maestra de arte en la escuela. "Los maestros lo adoran", dijo el papá. La película se llamaba *Zombies and Narcos vs. Aliens*, y se trababa de un grupo de zombies que están a punto de tomar el control de un pueblito mexicano controlado por un cártel bien gandalla cuando reciben un ataque alienígena. "Mi hijo aún no sabía quién vencería al final", dijo el señor con sus cachetes enrojecidos y regordetes, lustrosos de llanto. Se veía tan frágil e insignificante a pesar de sus brazos recios y lampiños quemados por el sol. Yo no daba una en mi trabajo. Nunca sabía cómo reconfortar a esta gente, cómo hacerlos creer que las cosas iban a mejorar porque, la mayoría de las veces, nunca mejoraban. Les traduje a los papás el diagnóstico del doctor: que su hijo había recibido demasiados golpes en la cabeza, que el cráneo presentaba varias fisuras y que el muchacho había entrado en coma irreversible. Entonces sonó mi teléfono y les pedí que me dieran un minuto. Cuando escuché la voz de Laura me sentí agradecido y a salvo, y cobarde.

—¿Entonces nos podemos ver esta noche? —preguntó.

—Seguro —dije—. ¿En dónde?

Dijo que en la lavandería. "Llevaré algo de ropa y podremos celebrar mientras vemos cómo se seca. ¿Qué le parece, señor Mills?"

Años después aún sigo pensando en sus palabras. Ahora puedo adivinar ansiedad y anhelo en su voz, pero en ese momento lo único que sentí fue la energía inabarcable de Laura al otro lado del teléfono, su fuerza desbocada como un ciclón sin control, y mis ganas irrefrenables de estallar en carcajadas y estar a su lado, de verla sin ropa.

Cuando entré de nuevo en la habitación del hospital los papás del chavo yacían sentados en unas sillas de plástico, con la mirada inerte y seca de fe clavada en los mosaicos del suelo.

Laura llegó a la lavandería a eso de las siete cargando una canasta llena de ropa que parecía haber sido doblada con maestría. Llevaba un vestido blanco entallado y sandalias de color cobrizo y tacones de corcho. Cuando me vio dejó caer la canasta al suelo, me tomó de la mano y me arrastró fuera del local.

Abrió la cajuela de su camioneta y me mostró una hielera pequeña llena de hielo con dos termos de color rosa mexicano y una botella de Taittinger Brut Millésimé 1998.

—No quise exagerar, así que descarté la idea de traer copas de verdad —dijo como si fuera la encantadora anfitriona de un coctel ofreciendo disculpas por unos canapés fantásticos—. Así la gente pensará que estamos tomando té helado —agregó al tiempo que me pasaba la botella de champán.

—Definitivamente es usted del norte.

—Cállese —dijo Laura desternillada de risa mientras yo llenaba los termos con vino espumoso—. Okay, ¡hagamos un brindis!

—¿A la salud de qué?

—De este Jean Paul Gaultier divino que acabo de comprarme en Nieman Marcus —dijo mientras se abría delicadamente el cuello del vestido para enseñarme el filo de unos sedosos volantes de color crema, y chocaba su termo contra el mío. El aire caliente de la tarde había alcanzado niveles atómicos, no había nadie más en el estacionamiento y nada se movía, no había un solo ruido. Tuve de pronto la impresión de que no quedaba nadie más que nosotros dos en Austin, que no quedaba nadie más en el mundo entero.

—¿Lo dice en serio? —le dije, y no pude evitar soltar una risa nerviosa.

—Totalmente, señor Mills, pero eso no es todo. Aún hay más.

—Soy todo oídos, señora.

—Si se porta bien, esta noche dejaré que me lo quite con esas manos preciosas que Dios le dio —me susurró al oído.

Antes de que pudiera decir algo me plantó el primer beso en los labios. El beso torpe e inexperto de una joven febril es como lo recuerdo ahora, pero en ese momento lo único que sentí fue su humedad entrando en contacto con la mía y una erección instantánea. Volvió a llenar nuestros termos y me llevó de la mano al interior de la lavandería.

Nos pusimos a separar la ropa que Laura había traído en dos categorías: la blanca por un lado, el resto por otro, y arrojamos cada pila en una secadora. Echamos a andar las máquinas y nos sentamos a mirar cómo cada carga de ropa creaba una paleta de color diferente mientras retumbaba dentro, nuestras copas improvisadas en una mano y en la otra la mano del otro, como un par de escolapios sin experiencia. No dejaba de preguntarme de qué tonalidad serían sus calzones.

—¿Blanco o de colores?

—El blanco es tan relajante.

—Sí, ¿verdad? Pero el de colores es como súper intenso, y como súper rudo, y como sexy.

—Ay, sí —suspiró.

—¿Relajante o sexy? Elija uno.

—Imposible —dijo Laura—. Los dos me fascinan; me encanta ver toda esa ropa esfumándose en el aire. Ojalá yo pudiera hacer lo mismo.

Nos quedamos en silencio. Sentía a Laura tan cerca, más cerca de lo que nadie nunca había estado de mí; su cuerpo al lado mío irradiando ráfagas de calor.

—Si usted quiere, es posible —le dije al tiempo que agitaba mi termo. Estaba vacío.

—No es tan fácil, señor Mills —me dijo con la voz ajada—. Usted piensa que se puede todo, porque es joven e impoluto, pero se equivoca.

—De hecho, se puede. Yo puedo hacer que se pueda por usted, señora. Puedo ponerme enfrente de la secadora mientras usted está dentro; así la gerente no se dará cuenta.

—¿Me está tomando el pelo? —me miró fijamente, atónita. Por una vez me sentí más grande, más fuerte que ella.

—Nunca he hablado más en serio, señora. Si quiere lo puedo intentar yo mismo primero. Si algo no sale bien, simplemente abriré la puerta de una patada.

Una sonrisa traviesa y maliciosa le iluminó la cara.

—¿Sería usted capaz de hacer eso por mí, señor Mills? —me preguntó con voz aniñada mientras con la punta de su dedo índice, que mostraba una manicura francesa perfecta, recorría mi bíceps delicado.

—Usted dijo que me dejaría despojarla de sus bragas esta noche, señora. Es lo mínimo que puedo hacer.

Sacamos la ropa que habíamos metido previamente en la secadora, y la arrojamos en una canasta metálica con ruedas que estaba por ahí. Esperamos a que la gerente se fuera a la parte trasera de la lavandería, y entonces salté al interior del armatoste. Laura y yo coincidimos en que el ciclo de aire frío sería la opción más segura. Una vez dentro, arrastró la canasta metálica hasta colocarla frente a la puerta de la secadora, y fingió mantenerse ocupada revisando que la ropa se hubiera secado por completo.

—Cuidado con la cabeza, señor Mills —me susurró antes de cerrar la puerta de la secadora. Entonces comprendí lo que había sentido Laika cuando la pusieron en órbita: esa pobre perra solitaria y yo, dos bestias peludas buscando nuevas formas de vida en el espacio exterior.

Los primeros giros estuvieron severos, en lo que mi cuerpo se ajustaba a la dureza del metal de ese hábitat ignoto. El aire me picaba con un sabor artificial y sobrecogedor. Parecía hecho de plomo, como si el aire que respiraba viniera de un tanque cargado con el aliento de alguien que acabara de despertar. Pero entonces el espacio se allanó y el aire comenzó a limpiarse, la sensación de estar volando en círculos desapareció, y salí volando por fin, rompiendo los límites del cielo. Mi cuerpo se sentía ligero, como si estuviera hecho sólo de cartílago; con sutiles movimientos de mis brazos, mi nariz y mis cejas podía controlar la dirección de mi vuelo. Sobrevolé la ciudad inmensa, saboreando un regusto a chicle bomba en el ambiente que no recordaba que tuviera. Reconocí el tejado de la casa donde crecí y las canchas de tenis del club donde aprendí a montar a caballo y donde estuve a punto de ahogarme con cuatro años, y también el infinito jardín donde me vi a mí mismo acompañado de la abuela, los dos recostados en el césped, ella con un libro de *Les Aventures de Tintin* en sus manos marsupiales; mi cabeza apoyada en su regazo.

Entonces los gritos apagados de la gerente irrumpieron en la secadora. Cuando la máquina se detuvo me precipité al fondo como una piedra; ochenta kilos de hueso y carne una vez más en mi cuerpo en un instante. Comencé a sentir calor y claustrofobia.

—¿Qué chingados están haciendo? —la joven paliducha, enfundada en un uniforme azul con gris tristísimo, se encontraba de pie frente al aparato, fuera de sí—. ¡Sal de ahí de una rechingada vez! ¡Ahora mismo! Y a usted, señora —se volteó a mirar a Laura, cuya reacción no pude ver porque estaba intentando a toda costa bajarme de la secadora—, ¡debería darle vergüenza! ¡A su edad!

Clientes de todas edades y etnias y preferencias por las telas posibles nos miraban divertidos mientras la gerente nos escoltaba hasta la salida.

—¡Si alguna vez vuelvo a ver a alguno de los dos por aquí, les juro por Dios que llamo a la policía! —vociferó mientras arrojaba la canasta de Laura, con toda su ropa hecha jirones, al suelo del estacionamiento.

—¿Estás bien? —me preguntó Laura.

—Sí, sólo que algunas personas no tienen sentido del humor. *Tant pis.*

—No me refería a lo que dijo esa muchacha, señor Mills —respondió preocupada—. ¿Está usted seguro de que no se lastimó?

—Ah, sí. Estoy perfecto.

—El ruido que hacía su cuerpo chocando contra ese tambor de metal era abominable. Por eso la gerente se dio cuenta, pero me saqué de onda y no supe cómo apagar la maldita máquina. Incluso un par de muchachas se pusieron a gritar cuando lo vieron dando volteretas como un costal de papas ahí dentro —dijo Laura, aguantándose la risa.

—Bueno, señora, qué le puedo decir —respondí mientras me acomodaba el pelo con los dedos, sintiéndome inusitadamente rebosante de vitalidad—. Lo tiene que probar.

—La pobre empleada dijo que nos echaría a la poli si nos volvía ver. No me siento con ganas de cerrar la noche con antecedentes penales, señor Mills —dijo Laura.

—La secadora de mi casa funciona bien —respondí—. No es tan grande como las de aquí, pero estoy seguro de que usted cabrá a la perfección.

Una noche ámbar se había apoderado ya de la ciudad cuando llegamos a mi casa. Vivía en el piso catorce de un flamante edificio de departamentos de la calle Dos. Laura revoloteó como una pluma dentro de mi secadora por cerca de cinco minutos, hasta que comencé a preocuparme, temiendo que la falta de aire o el golpe de adrenalina le impidieran sentir dolor, y que al día siguiente falleciera a causa de heridas inadvertidas o sangrado interno. Emergió de la secadora con una sonrisa chueca y melancólica. Nos dirigimos directamente a mi habitación.

Laura estaba sorprendida de que tuviera un trasero tan peludo, y me pidió que le contara cómo me había hecho la cicatriz que me recorría la entrepierna. Su vestido y el nuevo sostén que le ayudé a quitarse yacían colgados sobre el respaldo de una silla.

Pedimos sushi a domicilio y lo llevé a la cama junto con una botella helada de verdejo. Comimos rollos de atún crudo y hueva de salmón mientras ella tomaba fotos de nosotros dos desnudos.

—¿Qué la trajo hasta aquí, señora? —finalmente me atreví a preguntar.

—¿A qué se refiere?

—¿Por qué se fue?

—Nos la estábamos pasando tan a gusto, señor Mills —me dijo maternalmente. Me acarició una pierna, luego el pecho, trazando círculos alrededor de mis pezones con su dedo índice—. Qué ganas de echar a perder la velada.

Intenté disculparme, pero me interrumpió.

—Es una broma, señor Mills. Todos somos iguales. Llegado un punto, todos comenzamos a hacernos preguntas —le dio un trago largo a su copa de vino. Una sirena aulló a lo lejos mientras yo aguardaba en silencio.

—Mi padre —dijo—. Salió de su oficina una tarde a finales de mayo. Se suponía que iba de regreso a su casa, pero nunca llegó. Al principio pensé que no pasaba nada. Incluso creí que era lo normal. Ya no era un niño, todos sus hijos ya éramos adultos; había enviudado. ¿Por qué habría de volver a su casa cada noche? ¿Para qué, a los brazos de quién? Pero al día siguiente su secretaria llamó para preguntar si conocíamos su paradero. No había regresado a trabajar. Marcamos a su celular, pero no contestó. Nunca más lo volvimos a ver. Todos tuvimos que irnos. No sabíamos qué podía pasarnos, quién sería el siguiente.

Pensé en decirle muchas cosas, pero ninguna de ellas parecía apropiada. Sólo pude decirle al oído que lo sentía mucho.

—Pero esta noche lo vi, en la secadora —continuó Laura como si no me hubiera escuchado—. En el momento en que me vi suspendida en el aire, me dirigí a París; no lo pude evitar —dijo—. Era la ciudad favorita de papá. Sobrevolé Le Marais, buscándolo. Lo encontré afuera de L'As, ordenando un falafel, lo que me pareció extrañísimo porque solía decir que sólo los pobres comían garbanzos. Lo llamé por su nombre y él se volvió hacia el cielo para mirarme; yo flotaba encima de él, como una luciérnaga desorientada. Papá parecía abochornado de que lo hubiera descubierto, pero le dediqué una sonrisa para demostrarle que no había nada de qué avergonzarse. Ya antes había tenido encuentros similares con él, en sueños, siempre en el extranjero, pero nunca ninguno como éste. Muchas veces he soñado que me topo con él a la puerta de unos grandes almacenes, Barney's, Selfridges; él va saliendo y yo voy entrando. Se pone colorado cuando me ve y comienza a tartamudear, intentando encontrar las palabras. Mi dicha es inabarcable. Lo lleno de besos en cada mejilla y en la frente y en las mejillas otra vez, tomando su cara entre mis manos con tanta fuerza como si no quisiera dejarlo ir nunca más. La manera como me mira, con esos ojos tan consternados y tan llenos de arrepentimiento, me hace creer que no lo secuestraron, sino que más bien él decidió escapar.

—¿Alcanzó a decirle algo esta vez?

—Le di a entender con un gesto que se veía muy guapo, y eso pareció conmoverlo, pero no me respondió nada.

Los ojos de Laura permanecieron cerrados en la luz débil de la habitación, la expresión en su rostro difícil de dilucidar. El cuarto olía a salsa de soya y amoniaco; su piel, a Downy.

—Yo no tendría la jeta para hacer algo así —le dije luego de un rato.

—¿A qué se refiere? —me preguntó.

—A abandonar a la gente que quiero sin decirle nada. A huir de ellos.

—No estoy diciendo que lo haya hecho —dijo Laura con un dejo de exasperación en la voz—, pero si lo hubiera hecho, no lo culparía.

—¿Por qué querría escapar de aquellos que más lo quieren? Yo no sé si podría perdonar a alguien que me hiciera tal cosa.

—Qué verde está usted todavía, señor Mills —dijo Laura, y se estiró para alcanzar un rollo de sushi. Comenzó a masticar lentamente y con la boca abierta, haciendo ruidos insoportables como si de pronto se hubiera transformado en una mocosa malcriada.

—¿Por qué querría lastimar de esa manera a alguien que quiere tanto?

—Por Dios, señor Mills. Eso es lo de menos, usted lo sabe. Nos educan para cumplir con las absurdas expectativas de nuestros apellidos pipirisnáis, no para ser congruentes con nosotros mismos. Pero el tiempo no perdona, y cuando la panza se te pone flácida y la piel de los muslos se te convierte en la cáscara de una naranja, todo lo demás comienza a pudrirse. Cuando te haces vieja y comienzas a darte cuenta de que ya no hay más que esto no quieres oír cosas como: "Te quiero" y "La familia lo es todo". Está bien, pero no es suficiente para hacerte sentir viva. Quieres que te digan: "Quiero coger contigo", quieres que te digan: "La vida no vale nada si no te tengo", pero ya no te lo dicen más. Te preguntas si alguien aún te encuentra atractiva, si hay algo allá afuera más emocionante que con lo que te has conformado, y sientes ganas de encontrarlo, sientes ganas de ser "congruente contigo misma", pero ahora ya tienes hijos, personas cuya supuesta felicidad depende de ti, las mismas personas a las que ahora estás enseñando a creer en valores como el amor y la lealtad y la familia —la voz cachonda había desaparecido; ahora me parecía estar escuchando a un anciano borracho y amargado—. Usted es joven e idealista, y es el poseedor de un falo espectacular, señor Mills —Laura me dio un suave apretón entre las piernas—. Hágale honor a ese falo. No espere a tener una segunda oportunidad.

Permanecí en silencio, mortificado por ella y temeroso de ella al mismo tiempo. Ingenuamente pensaba que Laura no tenía razón: que la vida pasa lentamente, regalándonos oportunidades a cada paso. Pero tanto la felicidad como la desdicha son pasajeras; lo único que permanece son la añoranza y el remordimiento, pero yo no lo sabía en ese momento. Lo único que tenía claro es que quería que Laura se callara. Mis manos comenzaron a hurgar en la penumbra hasta que toparon con sus senos.

Nos quedamos dormidos, acoplados uno contra el otro, en las inciertas horas de la madrugada.

Laura y yo pasamos el fin de semana en mi departamento, yendo de la cama a la secadora —descubrimos que yo también cabía, aunque fuera apretado— y a la cocina, donde saciamos nuestro voraz apetito con restos de comida a domicilio que me habían sobrado de la semana anterior y rebanadas de pizza congelada. El domingo fue particularmente escandaloso. Se oía mucho movimiento en todo el edificio, y también a lo lejos, abajo en la calle; eran los ruidos típicos de una mudanza, mezclados con los incesantes alaridos de las sirenas de las ambulancias.

Alrededor de la medianoche del domingo Laura se acercó a la ventana, corrió las cortinas y soltó un grito estremecedor.

—¡Señor Mills!

No habíamos visto la televisión o revisado nuestros teléfonos en más de cuarenta y ocho horas. Nos habíamos desconectado del mundo, pero el mundo se estaba reportando con nosotros. El incendio forestal del Hill Country había alcanzado la ciudad, y las colinas de West Lake, donde vivía Laura, ardían a lo lejos en hipnóticas oleadas de fuego que teñían de ocre la oscuridad del verano.

Encendimos la tele. El incendio había desbancado de los titulares cualquier noticia relacionada con la muerte de Michael Jackson, pero la información era vaga y caótica. Una evacuación obligatoria de la ciudad sería puesta en marcha a la mañana siguiente. Aviones del ejército transportando evacuados despegaban cada pocos minutos. Le pregunté a Laura si podía ayudarla haciendo llamadas, poniéndome en contacto con su familia en México o en donde hiciera falta, pero me ignoró por completo. Se sentó al borde de la cama, con la mirada perdida clavada en la ventana. No sabía qué decirle.

—Por favor apague la luz y la televisión —me pidió. Cerré las cortinas y me disponía a salir de la habitación cuando me llamó al lado suyo con un gesto. Se metió de nuevo en la cama y me pidió que yo hiciera lo mismo.

—No podemos quedarnos aquí, Laura. Tenemos que irnos.

—No quiero hablar de eso en este momento.

La sensación de paz y distanciamiento de la realidad que reinaba en la habitación se había desvanecido. Las sirenas aullaban como madres que hubieran perdido a sus hijos; habían estado haciendo lo mismo todo el fin de semana, pero ahora que sabía la razón no podía seguir ignorándolas más. Laura se acurrucó a mi lado como si un largo y tórrido verano aún aguardara por nosotros, pero la piel de su trasero se sentía helada contra mi barriga, y los dedos de nuestros pies no lograron entrar en calor ni cuando los entrelazamos.

—¿Alguna vez ha leído a José Emilio Pacheco, señor Mills? —me preguntó Laura minutos después.

—Sí, alguna.

—¿De casualidad sabrá alguno de sus poemas de memoria?

—No, señora; lo siento. Apenas recuerdo un par de líneas; algo que leí en la universidad.

—¿Cómo iban?

—Déjeme ver… Uno de ellos decía algo sobre cómo uno en realidad conoce el mar solamente una vez en su vida, y otro que decía: *Cuando cumples cuarenta / te conviertes en todo aquello que odiabas / cuando tenías veinte.* Algo así.

—¿Señor Mills?

—Dígame, señora.

—Su teléfono.

Se lo pasé, y ella tomó una última instantánea de nosotros: su espalda apoyada contra mi pecho, los dos evadiendo el lente de la cámara. Hasta el día de hoy, la imagen permanece oscura y fuera de foco.

Abandoné Austin al día siguiente por la tarde. El gobierno mexicano puso a disposición del consulado un avión para que todo el personal fuera evacuado a Houston, donde pasé las semanas posteriores. A pesar de los esfuerzos de los bomberos y la Guardia Nacional, el incendio forestal del Hill Country arrasó la ciudad por completo, más allá de sus confines infinitos. La capital del estado tuvo que ser reinstaurada temporalmente en Houston. El consulado mexicano en Austin nunca más volvió a abrir sus puertas.

A manera de compensación por haberlo perdido todo, la Secretaría de Relaciones Exteriores nos ofreció transferirnos al lugar donde quisiéramos. Luego de visitar a mis padres en California, me mudé a París, donde pasé los siguientes cinco años trabajando en la embajada por las mañanas, deambulando por las calles vetustas de la Rive Gauche y la Rive Droite y Place Vendôme y la rue de

Saint-Honoré y los Campos Elíseos por las tardes, intentando hallar a Laura. Posteriormente fui transferido a São Paulo, donde viví cinco años miserables. De ahí recibí la promoción a cónsul en Zúrich, donde mis esperanzas de toparme con Laura en alguna de sus avenidas tocaron fondo, ya que estaba convencido de que ella jamás elegiría para vivir una ciudad tan huraña. Durante todos esos años resistí la tentación de volver a saltar de nuevo al interior de una secadora. Cuando llevaba cuatro años en Suiza me enteré que acababa de abrirse una plaza en el Departamento de Protección del consulado en Nueva York, un puesto de medio pelo que me obligaría a fingir de nuevo que los connacionales me importaban. Aun así insistí para obtenerlo porque quería estar de regreso en Estados Unidos.

Poco después de mi llegada a Manhattan, una invitación para la inauguración de la exposición de una artista de origen mexicano en una galería del SoHo llegó a la bandeja de entrada del consulado:

> *Gente que sangra dinamitas* es una serie de hologramas en tercera dimensión en los que Nicolasa Gutiérrez-Arteaga (San Ángel, México, 1991) recrea las urbes en las que nació y se crió, Austin, Texas, y ciudad de México, al fundirlas en una sola patria, esquiva y pasajera.

Reconocí el nombre de inmediato. Comencé a buscar información en línea sobre ella. Cuando encontré su foto, los vellos de mis brazos se erizaron. La imagen mostraba a una joven cuyas facciones me resultaban familiares. Eran los mismos ojos de su madre, pero los de Nicolasa supuraban un abatimiento insondable. Era como tener frente a mí una versión de Laura distorsionada por el paso del agua y el recuerdo y la fantasía. La invitación informaba que la exposición sería inaugurada en un par de días, pero no pude esperar. Salí corriendo de mi oficina y tomé un taxi.

La galería estaba ubicada en la planta baja de un edificio del siglo XIX con una fachada de hierro forjado, sobre una callecita empedrada y apacible. Un muchacho pelirrojo me recibió en la puerta con toda ceremonia. Las viejas maneras estaban en boga una vez más.

—La señorita Arteaga no se encuentra en este momento, caballero —anunció, y sentí como si me estrujaran el corazón con un puñado de alfileres—. ¿Le importa si pregunto quién la está buscando?

—Plutarco Mills, consulado de México. ¿Sabe si va a regresar hoy?

—En efecto, caballero.

—¿Le importunaría si la espero?

—En lo absoluto —dijo, mostrándose sobresaltado—. Por favor siéntase como en su casa —la galería era un espacio blanco, enorme, vacío e inundado de luz brillante que lo último que me invitaba era a permanecer, pero no deseaba marcharme. Me sentía ansioso y ebrio de expectación. Estaba convencido de que Laura llegaría en cualquier momento, liderando la comitiva de su hija ahora prominente, cumpliendo con su papel de madre mexicana, sumisa y orgullosa.

Una hora más tarde, una mujer irrumpió en la galería con los brazos desbordados de bolsas de boutiques. Era ella. El muchacho le quitó las bolsas de las manos raudamente y le susurró algo al oído. Nicolasa se volvió a mirarme con recelo. El joven se marchó y nos quedamos solos. Me acerqué a ella al tiempo que intentaba aclararme la garganta.

—Plutarco Mills, consulado de México —le dije a Nicolasa haciendo esfuerzos por no tartamudear, ofreciéndole mi mano, mi palma bochornosamente mojada y temblorosa—. Un placer conocerla, señorita Gutiérrez.

Era alta y delgada, y llevaba puesto un inefable perfume de notas cítricas que no pude reconocer. Vestía de negro de los pies a la cabeza. En persona no era ni la mitad de hermosa o fascinante que su madre.

—De hecho, es Arteaga. Gusto en conocerlo —dijo. Pude notar que lo último no lo decía en serio.

—Sólo vine para hacerle saber que todos en el consulado estamos muy emocionados por la inauguración de su exposición —le dije en español, al tiempo que del cuero cabelludo comenzaban a brotarme perlas de sudor—. Si hay algo que podamos hacer por usted, lo que sea, simplemente dígalo. Será un placer.

—Qué lindo, gracias —respondió, hablando de nuevo en inglés, y esto rompió mi corazón. Me ofreció una sonrisa diplomática, pero se veía totalmente desasosegada. La palabra *lindo* producto de mera cortesía. Intenté encontrar ecos de la ferocidad de Laura en su voz, pero no encontré nada.

—Es curioso —dijo Nicolasa—, conozco a algunas personas en el consulado, pero su nombre no me suena.

—Estoy recién llegado —respondí—. Acabo de mudarme de regreso a Estados Unidos luego de pasar muchos años fuera. El último puesto que ocupé en el país fue en el consulado de Austin.

—¿En serio? Yo viví ahí durante un tiempo —reveló Nicolasa como si yo no lo supiera. Se le iluminó la cara. Me imaginé entonces a su madre de vuelta en Austin como nunca antes la había imaginado, haciendo el súper en H-E-B, llevando a las niñas a entrenamiento de futbol y clases de arte y citas con el pediatra y fiestas de cumpleaños, asistiendo a interminables juntas con los maestros, recogiendo a su marido en el aeropuerto, manejando su Cayenne taciturnamente a lo largo de la autopista 360, más sola que su alma, a años luz de casa, haciendo kilómetros de arriba abajo a lo pendejo en un sitio hermoso y vacío, intentando encontrar algo, lo que fuera, que le diera una razón para seguir viviendo—. Fue mi segunda casa. Austin solía ser una ciudad espectacular.

Habría querido decirle que yo recordaba la ciudad de igual manera, pero sus razones y las mías hubieran hecho cortocircuito. Tenía ganas de pedirle que volviera a pronunciar esa palabra, *espectacular*, porque cuando la dijo sonó igual que su madre.

Espectacular.

—De hecho, creo que en una ocasión conocí ahí a sus padres —le dije, y un calambre me retorció el estómago—. ¿Cómo está su familia?

—Todos bien, gracias por la pregunta —parecía desconcertada—. Van a venir de Houston para la inauguración. Espero que nos acompañe, señor Mills —sabía que Nicolasa deseaba que me marchase ya, que tenía muy pocas ganas de extender invitación alguna. La estaba asustando, pero se estaba forzando a decir cosas que no sentía por pura cortesía mexicana. Después de todo era uno de nosotros. Imaginé a Laura henchida de orgullo y desolación a causa de la exquisita y autodestructiva buena educación de su hija.

—No me la perdería por nada —le dije con la voz entrecortada. Me quedé viendo a la chica pálida y extranjera que tenía frente a mí, una absoluta extraña, y me di cuenta de lo absurda que resultaba mi presencia en esa galería, cuán perturbadora y repulsiva debió de parecerle mi visita. Despedirme y largarme de inmediato era lo correcto, lo único que me quedaba por hacer ahí. Pero no pude contenerme.

—Estoy contando los minutos para ver de nuevo a tu madre, Nicolasa —me oí decir como si las palabras hubieran salido de la boca de alguien más—. Luego de todos estos años, no he sido capaz de olvidarla.

—Mi madre no va a estar en la inauguración —dijo Nicolasa con la voz marchita—. Falleció en el enorme incendio que arrasó Austin en 2009.

—Ah —fue lo único que pude decir.

Y entonces, como si ella supiera lo que tenía que decir, agregó:

—Lo siento mucho, señor Mills.

La última vez que la vi, Laura me despertó entre susurros. Era muy temprano en la mañana.

Dijo que se iba. Le pregunté adónde iba. Dijo que no lo sabía. Le dije que quería irme con ella, huir de Austin juntos. Dijo que no.

Dijo que quería hacerlo sola. Le dije que éramos una esfera, un elefante que había encontrado su propia liviandad en la superficie de la luna; precisábamos seguir siendo una esfera.

Se rió como si tuviera cientos de años y la tristeza le nubló la cara. Me dijo que me deseaba suerte, y que esperaba que encontrara a alguien que me estremeciera.

Insistí, pero Laura me agarró el rostro con las dos manos y se acercó hasta mí como si hubiera una legión de gente en la misma habitación que nosotros.

—Adiós, señor Mills —me respiró en el oído, como si estuviera revelándome un secreto.

Cierro los puños y mis manos parecen las de alguien más

—Espera, Homero. ¿Oíste eso?

—¿Que si oí qué?

—Ese ruido. Escucha. Eso. Viene de la cocina.

—¿A qué suena?

—Como un rasquido.

—No fue una buena idea dejar que probaras esa madre, Ximena. Te está fundiendo las neuronas.

—Estoy hablando en serio, Homero. Hay ruidos en el departamento. En serio.

—No sé de qué me hablas, chimp.

—Aguanta. Ahora ya no se oye.

—Si tú lo dices.

—Bueno, estabas diciendo…

—Ah, sí. Imagínate volar cinco horas seguidas. Imagínate que pudieras volar a donde quisieras, sin nadie ni nada que te atara, sin tener que preocuparte por ninguna pendejada. O sea, como si tuvieras alas.

—¿Como un águila, onda toda imponente y amenazadora? ¿O más bien como una monarca, así, toda linda y frágil, pero totalmente irrompible?

—Como si fueras un avión. Como si tuvieras alas de acero, pero como si fueran parte natural de tu cuerpo.

—Ay, güey. Como que esta onda me está poniendo los pelos de punta.

—Como yo.

—Ya quisieras.

—¿Ximena?

—¿Qué pex?

—¿Qué son esas cosas en las cortinas?

—¿Esos bichitos impresos a lo largo de la tela? Los azules son como moscas, ¿no? Y los otros, ¿no son como tipo catarinas?

—Se ven asquerosas. Y súper gay. ¿A quién se le ocurriría poner cortinas con insectos en su sala?

—Como que se ven chidos.

—No todo lo que veas te tiene que gustar simplemente porque estemos aquí, Ximena. Que no nos lata el departamento de Philippe no significa que le estamos mentando la madre. No nos puede oír, ¿me entiendes? Son nefastas.

—Simplemente estoy intentando encontrar algo que me guste de este lugar, ¿okay?

—Entonces no mires hacia las ventanas. Esas cortinas son feas de a madre.

—¿Homero?

—¿Ahora qué?

—¿Te acuerdas de esa vez que vinimos todos juntos a Nueva York?

—¿En Navidad?

—¿Dónde la pasamos?

—En el Plaza, creo. O el Waldorf. Uno de esos lugares cerca de Central Park.

—Cuando ma y pa dijeron que nos quedaríamos en el departamento de Philippe, me imaginé algo así, cerca del parque, con portero en la puerta y todo. No ésto.

—Por lo menos no acabamos en Harlem, chimp. O en Brooklyn.

—¿El abuelo y la abuela vinieron con nosotros en ese viaje?

—Por supuesto. La noche de Navidad el abuelo nos llevó a ti, a mí, Nico y Fer a FAO Schwartz mientras los demás se arreglaban para la cena. Nos compró Tamagotchis a todos. Ma y tía Laura estaban furiosas, pero la abuela les dijo que le bajaran a su desmadre, como siempre.

—Apenas me acuerdo de la abuela.

—Estabas muy chavita, güey.

—¿Crees que nos está mirando?

—¿Desde *arriba*?

—Ajá.

—Nel. La neta, mejor para ella.

—¿Por qué dices eso?

—Porque si supiera lo que le pasó al abuelo se volvería a morir.

—¿Homero?

—Dime, güey.

—A ver, tengo este asunto, que es sólo de niñas, del que solía platicar con Carla y Michelle que…

—Si es lo que me imagino, ni empieces.

—Apenas me llegó hoy. Y está como *gruesa*, güey.

—Pégame por preguntón, maestra.

—¿Y a quién se supone que le puedo contar estas cosas ahora?

—A mí no. Qué asco. Se lo cuentas a mamá cuando llame.

—¿Estás loco? "¡Hola, ma! Adivina qué. Me llegó la regla nomás como cinco días tarde. Qué tranquilidad, ¿no?"

—Párale, Ximena. En serio.

—Para ti es fácil decirlo. Los güeyes pueden echar todo el desmadre que quieran y no hay pedo. Nosotras echamos un poquito de desmadre y estamos jodidas. Es injusto. Y súper deprimente.

—A lo mejor, pero no soy la pinche Martha Lamas, ¿okay? Así que pá-ra-le.

—¿Cuántos años tienes? ¿Nueve? "¡Ma-a, Ximena dijo la palabra va-gi-na enfrente de mí!"

—Vete a la mierda, chimp.

—No, Homero, ¡vete a la mierda tú!

—¿Homero?

—No estoy, güey.

—Ahí está ese ruido otra vez. ¿Lo oyes?

—Son las moscas y las catarinas. Vienen por ti, chimp.

—Cállate, Homero. Lo digo en serio.

—Ni lo sueñes, cachetes. No pienso dirigirte la palabra a menos que me pidas una disculpa.

—No mames.

—Te deseo suerte encontrando a alguien que quiera oír tus pendejadas aquí. No pienso hablar más con una señorita de Virreyes que habla como placera de Tepito.

—¡Oye, tú me mandaste a la mierda a mí primero!

—¿Te acuerdas de lo que dijeron ma y pa en el aeropuerto?

—¿Qué parte? Dijeron: "Cuídense el uno al otro. Van a estar solos hasta que nosotros podamos alcanzarlos allá".

También dijeron: "No se metan en problemas. Suficiente con lo que ya tenemos".

—Y también dijeron: "Homero, tú te encargas".

—¡Nunca dijeron eso!

—¡Claro que sí! Siempre lo dicen. Incluso aunque no lo hubieran dicho, se entiende. Yo soy el mayor, chimp. Así que me pides una disculpa o te quedas hablando sola.

—Neta, güey. Quema mucho el sol.

—Ese ruido me está sacando de onda mal plan, Homero. No puedo creer que no lo oigas.

—Al parecer es un ruido a prueba de mamones, porque yo no oigo nada de nada.

—Está bien, lo siento, ¿okay? ¿Ahora ya podemos seguir platicando?

—No es tan fácil, pecas. Primero tienes que decir: "Lo siento muchísimo, Homero, mi hermano mayor, irresistiblemente apuesto y listo como la chingada. Fui una niña mala y pendeja. Declaro solemnemente que a partir de ahora, y mientras estemos atorados en este tugurio, tú estarás a cargo".

—Bájale, en serio. La cabeza me está retumbando como loca.

—Yo siento como si tuviera una sandía en lugar de cerebro.

—Te lo dije. Meterse las primeras pastas que te encuentras en el gabinete del baño de alguien a quien apenas conoces no suele ser una idea brillante. Pero dijiste que nos la íbamos a pasar de fábula. De lo que nos ha servido que estés a cargo, maestro.

—Estoy seguro de que igual nos hubiera dolido la cabeza, incluso aunque sólo nos hubiéramos tragado unas pinches zucaritas. No son las pastas, Ximena. Es este limbo en el que estamos metidos.

—¿Oíste eso? No me digas que no lo oíste.
—Me estás poniendo de malas, chimp. ¿Qué pasa si no oí ni madres?
—No me extraña.
—¿No te extraña qué?
—Que todavía no hayas conseguido novia, güey. No hay quien te aguante.
—Es como estar oyendo al abuelo.
—¿Perdón?
—Cada vez que lo veía, me ponía el brazo en el hombro como si fuéramos brothers y me preguntaba la misma chingadera, una y otra vez: "¿Ya tienes novia, Hom? ¿Cómo puede ser que nunca te haya conocido una novia?"

—¿Homero?
—Agh. ¿Qué?
—¿Te gustan los güeyes?
—Aguanta, que primero me pongo un recordatorio en la agenda: dejar de tratar a mi hermana de quince años como si tuviera cerebro.

—Entonces ¿te gustan las niñas? ¿Sí o no?
—Me gustaban, hasta que tuve que compartir un departamento mierdero con una en Nueva York. ¿Nunca te conté de ella? Se la pasaba hablando todo el tiempo, *gordo gordo gordo gordo*, como pinche guajolote todo el tiempo. Y además oía ruidos. Estaba totalmente zafada. Desde entonces soy fan de tomar la leche con popote, güey.
—Ja. Ja. Ja. Eres tan cagado que me estoy pishando en los chones.
—Nomás estoy siendo sincero, hermanita.

—Si no quieres hablar de tus cosas está bien. Igual tengo una pregunta para ti.

—La burra al trigo. Porfa, despiértame cuando cumplas veinte.

—¿Tú crees que es posible que te gusten los niños, pero que te dé cosa hacer cosas con ellos, onda acostarte y así?

—Por supuesto, chimp. ¿No has visto ese pellejo que llevan los güeyes colgando entre las piernas? Qué asquito.

—Cada vez que intento hablar contigo en serio te burlas de mí.

—Vamos a hacer como que no tuvimos esta conversación en lo absoluto, chimp. Todavía eres muy chavita para andar pensando en güeyes y pendejadas de ésas.

—¡Gracias mil por el consejo, pa! Dios, ese comentario fue tan puñal que ahora sí no me queda duda de que te encantan los niños. Mal plan. Qué digo niños, güey. Chacales. Los chacales con las pijas más gordas que te puedas imaginar.

—¿Ahora sí podemos seguir hablando de las alas?

—¿Neta, güey? Hablamos de eso hace, qué, ¿dos horas?

—Ándale, Homero. Me está entrando una claustrofobia cañona de estar aquí. Necesito un respiro.

—¿Y en qué estábamos?

—Estabas diciendo que te gustaría tener alas de acero.

—Alas y ya, ¿ves? Como sean, como tú quieras, pero alas de verdad.

—Alas para salir volando.

—¡Exacto! Alas para decir: México, ahí te ves tú y todas tus mamadas. Yo me piro.

—Alas para curar la nostalgia. Alas para volver a ver a mis amigas, para recuperar mi vida. Alas para poder largarme de este departamento mugriento. Alas para huir de Nueva York, que ahora me caga tanto que ni te lo imaginas. Alas para recuperar las ganas locas que alguna vez tuve de vivir aquí.

—Alas para tener cuidado con lo que pides.

—Alas para poder regresar a casa.

—Alas para que sigas creyendo que eso va a pasar.

—Alas para que te calles el hocico. Alas para que por supuesto volvamos.

—Alas para que entiendas de una vez por todas que eso por supuesto no va a pasar. Alas para que entiendas que si no saben nada del abuelo pronto, de aquí no nos saca nadie.

—Alas para que me digas si sabes algo que yo no sepa.

—Por Dios que no sé nada. Alas para eso.

—Dios valió madres hace un chingado mes. Alas para eso. ¿Qué sabes?

—En serio, no sé nada. Y deja de decir chingado, chimp. Suenas de cuarta.

—¿Y tú no?

—Yo sueno chingón. Tú suenas de cuarta. A los niños no les gustan las niñas que hablan así.

—¿Qué te hace pensar que quiero gustarle a los niños?

—Cuéntame, Homero. Lo que sea que sepas, quiero saberlo.

—Estoy hablando en serio, chimp. No sé nada. Es sólo un mal presentimiento que tengo, ¿ves? Pero si te cuento de qué se trata te vas a reír de mí.

—Te juro que no, Homero. En serio. Te lo prometo.

—A veces tengo visiones sobre el abuelo. Es todo.

—¿Qué clase de visiones?

—Es como que lo veo al final de una calle, en medio de un mar de gente. Va trastabillando de un lugar a otro, como si estuviera desorientado. Me siento tan aliviado cuando lo veo porque pienso: "¡Ah, era eso! ¡Solamente andaba perdido!" Me emociono muchísimo al darme cuenta de que he sido yo quien lo ha localizado, ¿ves? Me dirijo hacia él, dispuesto a rescatarlo, a traerlo de regreso a casa. Lo toco en el hombro, y cuando se voltea…

—¿Qué?

—Su cara, Ximena.

—¿Qué le pasa en la cara?

—No tiene ojos. Ni oídos. Ni lengua.

—Homero, eso no es real. Es sólo una visión. Estoy segura de que el abuelo está bien.

—No, no lo está.

—¿Cómo puedes estar tan seguro?

—Porque lo siento.

—No digas eso. Va a estar bien, ya verás. Lo van a traer de regreso, y va a estar poca madre. Y vamos a regresar a casa. Créeme. Vamos a creerlo los dos para asegurarnos de que pase, ¿sí?

—Ojalá pudiera ser como tú, chimp.

—¿Y eso por qué?

—Ojalá pudiera seguir creyendo en pendejadas.

—Cuando te lo propones puedes ser verdaderamente cruel, Homero. En serio.

—No te estoy molestando. Lo digo totalmente en serio.

—Ahí está de nuevo, Homero.

—Es tu cerebro, chimp, que se está friendo como una papa a la francesa. Es la última vez que le damos pastas, damita.

—En serio, Homero. He estado escuchando ese pinche ruido en la cocina desde que llegamos, y tú no haces más que insistir en que está todo en mi cabeza. Estás haciendo que me cague de miedo. Estás…

—Está bien, Ximena. Nomás te estaba jodiendo. En serio.

—¿Estás seguro? Júramelo, porfa.

—Te lo juro. Lo siento, ¿okay? Deja de llorar.

—¿Crees que puedan ser ratones?

—O ratas. Dicen que hay más ratas que personas en Nueva York.

—Gracias por el dato, maestro. Ahora sí seguro que no vuelvo a pegar el ojo aquí.

—O igual simplemente son las paredes, o el suelo, crujiendo, desmoronándose, ¿sabes? Este pinche edificio ha de tener como mil años o así.

—No, no es eso. Suena a algo con vida.

—Necesito salir, Homero. Necesito que me dé el aire.

—¿Adónde vas?

—No sé. De compras. A dar una vuelta.

—¿Puedes pasar por algo de comer cuando regreses?

—¿Por qué no vienes conmigo? Vamos a cenar fuera. Necesitamos salir de aquí. Podemos ir juntos de compras. ¡Va a estar chido!

—¿Ir de compras contigo? Prefiero quedarme aquí y que me coman las ratas.

—Ándale, vamos. Apenas has salido a la calle desde que llegamos.

—Gracias, en serio, pero no me siento con ganas de salir. Me deprime.

—¿Qué te pasa? Estamos en Manhattan, güey. No chingues.

—Podríamos estar en el pinche Marte y aun así me deprimiría.

—Te traje Chipotle. Los otros lugares que vi se veían asquerosos.

—Gracias, chimp.

—Conocí a la vecina que vive al lado; venía llegando al mismo tiempo que yo.

—Fascinante.

—Tiene como doscientos años de edad, pero es chiquita y dulce y como ¿elegante? Dice que vive sola. Dice que son ratas.

—¿Perdón?

—Los ruidos como de arañazos que hemos estado oyendo. De hecho ella fue la que sacó el tema. Dice que ella también los oye porque nuestra cocina y la suya comparten el mismo muro. Dice que está segura de que las ratas están en nuestro lado. Dice que han intentado todo, pero que siempre regresan.

—O sea que entonces vamos a estar comiendo de Chipotle por un rato.

—Me sugirió que usáramos unas trampas especiales, y una cosa más; algo escalofriante de no-mames.

—¿Qué te sugirió?

—Dijo que necesitábamos conseguir una buena trampa tipo *snap trap* y usar queso azul como carnada. Dijo: "A esos animalitos les encanta lo bueno". Dijo que la trampa atraparía a la rata por la cabeza y, en principio, la mataría al instante. Después, me aconsejó: "La liberas de la trampa y la apuñalas con un tenedor para carne, pero la apuñalas con ganas, dos o tres veces si es posible, hija, como si se te hubiera aflojado una tuerca. Luego dejas al animalito ahí tirado, con el tenedor enterrado en la panza y todo. No lo muevas, no limpies el cochinero. Te advierto, mi vida: se va a ver bien feo. Luego de unos días va a comenzar a oler raro y te van a dar ganas de deshacerte del cuerpo, pero tienes que ser fuerte y resistir, tienes que dejarlo ahí", dijo. Hubieras visto su cara, Homero, toda dulce y apacible, y hablando como si fuera la pinche protagonista de *Kill Bill* o algo así. No daba crédito, no podía moverme, me estaban dando náuseas. Ni siquiera estaba segura de que toda la rechingada escena estuviera ocurriendo en realidad, si no era todo un alucine de mi cerebro hecho papilla.

—Esa es una posibilidad, pero bueno. ¿Qué más dijo? Supuestamente.

—Dijo: "Un día vas a entrar en la cocina y te vas a dar cuenta de que el cadáver del animalito ya no está. A lo mejor te encuentras el tenedor de carne tirado por ahí, o lo mismo no. Pero el cuerpo va a haber desaparecido. No me pidas que te explique cómo sucede, hija, porque no podría hacerlo. Lo único que te puedo decir es que funciona. Luego de eso no oirás más ruidos durante al menos un par de meses."

—Eso no era una viejita. Eso era un *pinche ninja*.

—Homero, te juro por Dios que no estoy inventando. Luego de eso escribió el nombre de las trampas en un papelito y me lo dio. Aquí está. Mira.

—Qué chido. De cualquier manera, no tengo pensado colocar ninguna pinche *Tomcat snap trap* ni apuñalar a ninguna alimaña en el futuro cercano.

—Eso fue lo que le dije.

—¿Y qué te dijo?

—Me respondió entre susurros, como si las dos formáramos parte de una conspiración: "Ya sé que la idea de hacerle daño a esos animalitos suena aberrante, hija. Para mí misma fue muy duro conseguir hacerlo la primera vez. Imagínate, ¡yo, matando a una pobre criatura! ¡Yo, que dono dinero a PETA! ¡Yo, que estoy en contra de la experimentación con animales! ¡En contra de las peleas de perros! ¡Las corridas de toros! ¡Los Starbucks! ¡Los republicanos! Pero no tuve opción. Eran ellos o yo. Si uno de esos amiguitos se las ingenia para llegar hasta ti, vas a estar en problemas. Son rabiosos y no tienen corazón, por no decir más. Sigue mi consejo, hija. No te conviene terminar en una sala de emergencias piojosa en el Bajo Manhattan sólo por haber tenido piedad de uno de esos seres despreciables, especialmente en tu situación, ¿verdad?"

—¿Qué quiso decir con eso?

—¡Yo qué demonios sé!

—¿No le preguntaste?

—¿Cómo? ¡Me quedé helada, Homero! ¡Apenas estaba intentando entender qué chingados estaba pasando!

—¿Cómo estuvieron los tacos?

—Asquerosos, pero supongo que más me vale acostumbrarme.

—Ya sé. La comida está espantosa. En esta ciudad, ni más ni menos.

—Por cierto, ma llamó mientras andabas fuera.

—¿En serio?

—No, en realidad no. Te lo dije nomás por chingar. Mira el teléfono.

—¿Y qué dijo?

—Que ha estado revisando la actividad de la tarjeta de crédito, y que tienes que bajarle.

—Sí, cómo no.

—No es broma, maestra. Dijo que tenemos que empezar a gastar el dinero con cautela porque no sabía cuánto tiempo más vamos a tener que quedarnos aquí. Ésa fue la palabra que utilizó: *cautela*.

—Eso no tiene sentido. ¿Por qué habría de decir algo así?

—¿Porque ya valimos madres, por ejemplo? Te lo dije, chimp. Dijo que ella y pa vendrán para acá pronto, tal vez incluso la semana entrante. Le pregunté si luego nos íbamos a regresar todos juntos a México, y respondió que no. Dijo que de hecho están buscando casa para los cuatro, que están viendo propiedades por internet en Connecticut porque es más barato que en la ciudad.

—Es una pinche broma.

—¿Me estoy riendo, güey?

—¿Y el abuelo? ¿Mencionó algo sobre él?

—No.

—¿Le preguntaste?

—¿Tú qué crees?

—¿Y?

—Cambió de tema. Quería saber si estábamos a gusto en el departamento. Dijo que Philippe les había dicho que nos encantaría su estilo jipioso pero elegante. Imagínate.

—¿Y no le dijiste que esto es más bien un muladar pulgoso y espeluznante?

—En serio, güey, ya no te voy a dar más pastas. Esa mierda te está apendejando. A estas alturas el abuelo probablemente ya esté muerto. Sólo Dios sabe qué está pasando allá. ¿Realmente crees que a ma y a pa les importa un carajo en este momento la decoración de este puto congal? ¡No vamos a regresar, Ximena! ¡Nos vamos a quedar en el gabacho en serio! ¿Lo entiendes, chingada madre? ¿Lo entiendes?

—No me grites.

—Entonces deja de hablar como si alguien te hubiera metido los chingados sesos por las pinches nalgas, pendeja.

—No eres el único que está sacado de onda, ¿okay?

—No, pero sí parezco ser el único que sigue intentando pensar con la cabeza.

—Tu problema es que tienes tanto miedo que seguramente te estás cagando en los calzones ahora mismo, pero nunca lo vas a admitir.

—¿Y cuál es tu pedo?

—Que yo también estoy aquí. Y me estás haciendo sentir más sola que la chingada.

—¿Estás seguro de que no va a pasar nada? Esa última jaqueca estuvo de no-mames.

—Simón, me he metido de éstas antes. No hay pex.

—No sé por qué sigo confiando en ti.

—¿Estás, chimp?

—Sí. Qué onda.

—Un día vamos a volver al pasado, ¿sabes?

—¿Y eso?

—Todo va a ser como solía ser. No onda hace un mes, sino hace muuucho. Va a ser como debió haber sido siempre. Ancestral y alivianado y… perfecto.

—Para entonces ya vamos a estar haciéndole compañía a los gusanos. Seremos historia, maestro. Ya no estaremos aquí.

—Nel, vamos a seguir dando el rol por estos lares. Va a pasar antes de lo que te imaginas. Todo el mundo se va a quedar onda "¿qué pedo?" y nadie va a entender qué está pasando. *Nadie* será capaz de explicar cómo sucedió, y todo el mundo va a estar tan rechingadamente sacado de onda que van a sentir ganas de mearse en los chones. Pero no va a pasar nada.

—¿Y eso por qué?

—Porque nosotros vamos a estar ahí para decirles: "Calmantes, banda. No hay nada de mal con tener miedo. Todo va a estar chido".

—¿Ximena?
—¿Ajá?
—¿Qué te saca tanto de onda de los güeyes?
—Como si de verdad quisieras saber.
—Okay. Pero luego no andes quejándote de que me valen madres tus rollos.

—Los pitos. Sus pitos, eso es todo, ¿okay?
—¿Qué tienen de malo?
—Carla y Michelle y todas las demás andan como locas con eso, como si estuvieran coleccionándolos. Yo no quería ser menos.
—Entiendo. Entonces fuiste y te apañaste uno, y…
—Fue vomitivo.
—¿Y las bubis?
—No soy marimacha, pendejo, si eso es lo que estás insinuando.
—No sería el fin del mundo, güey. ¿Qué hay de malo en que te gusten las bubis?
—Que me moría de ganas de que me encantaran los niños.

—¿De verdad el abuelo te pregunta por las niñas todo el tiempo?
—Es tenaz.
—Qué asco.
—¿Te acuerdas de esa vez que hizo un viaje de negocios a Saõ Paulo durante las vacaciones de Semana Santa y yo lo acompañé?

—Ajá.

—Una noche, después de cenar, sus socios se fueron de antro. El abuelo dijo que estaba cansado, pero que estaría bien que yo los acompañara. Yo dije: "Okay", pensando que nomás iba a ser cosa de chupar caipirinhas y bailar samba con unas *garotas* guapísimas, ¿ves? Llegamos al antro y una mujer en la entrada me preguntó si quería *servicio completo*. Antes de que pudiera responder, uno de los amigos del abuelo dijo que sí, y pagó por mí. Me le quedé viendo, sacado de onda. Simplemente me dio una palmada en la espalda y me dijo: "No te preocupes, hijo. Tu viejo me pidió que me encargara de ti".

—No-ma-mes.

—Una chica fue por mí a la mesa y me llevó a un privado. Como que yo tenía ganas de que me gustara, ¿ves? Pero cuando se encueró y comenzó a hacer su onda, me sentí tan incómodo y asqueado que por un momento pensé que me iba a guacarear. Le dije que la verdad no estaba de humor, y le pedí que si no le importaba que nos quedáramos ahí un rato más, para que todo el mundo pensara que nos la estábamos pasando chingón.

—¿Homero?

—Dime, chimp.

—No sabes cuánto te admiro.

—Estás pacheca, maestra. Intenta echarte una jeta.

—¿Homero?

—Oh, oh. Sigue con vida. Esas malditas pastas no surtieron efecto después de todo.

—¿Qué parte de tu cuerpo te gusta más?

—Órale. Sigue con vida y haciendo preguntas intensas. Mis puños, supongo.

—¿Neta? ¿Por?

—No sé. Cierro los puños y mis manos parecen las de alguien más. ¿Y tú?

—Ahí están. Las ratas. ¿Las oyes?

—Simón. Responde.

—Déjame pensar en una versión femenina de tus puños. ¿Los lóbulos de mis orejas?

—¿Duele, cuando te los perforan?

—Sólo si lo piensas.

—Esas pinches ratas andan de nuevo por ahí, Homero. ¿Qué vamos a hacer al respecto?

—No hay nada que podamos hacer, chimp.

—¿No deberíamos intentar algo?

—Deberíamos conseguirnos unas alas. Deberíamos hacernos unos tatuajes en alguno de esos changarros que hay sobre St. Mark's. Algo bien perro. Ma y pa se van a ir de espaldas. Cuando nos vean pensarán que nos convertimos en pinches maras.

—No me hace gracia, Homero. ¿Qué pasa si la vecina tenía razón? ¿Qué pasa si esas pinches ratas se las ingenian para llegar hasta donde estamos? ¿Nos vamos a quedar aquí nomás sin hacer nada? Lo digo en serio, güey.

—Yo también, chimp. Te digo, vamos a tomar Manhattan, como los pinches Muppets. Esas ratas puñales nos la van a pelar. Nos vamos a hacer unos tatuajes bien cabrones. Mañana mismo, a primera hora de la mañana. Enormes. A lo largo de toda la espalda. Miles de alas, chingonas y perronsísimas, brotándonos del espinazo, apuntando hacia el maldito cielo.

Deers

Cuando llegamos a trabajar esa mañana había un montón de patrullas de policía y camiones de bomberos y camionetas de canales de televisión afuera del McDonald's, y mis compañeros de turno también andaban por ahí, detrás de un cordón amarillo que decía AUSTIN POLICE DEPARTMENT DO NOT TRESPASS, intentando captar algo de lo que estaba pasando en el interior, incluida Conchita; estaba de puntitas porque es chaparrita como yo, y cuando la toqué en el hombro se volteó y exclamó: "¡Susy girl!", y nos abrazamos bien fuerte, de veras, y me dijo: "Susy girl, no vas a creer lo que está ocurriendo allá dentro", y le dije: "¿Qué está pasando, Conchita?", bien preocupada, pues, porque, ya te imaginarás, cuando vi todas esas patrullas, todos esos polis alrededor, pensé: esto no puede estar bien, aquí va a haber bronca, empecé a pensar, a lo mejor debería irme a mi casa y comenzar a buscar otra chamba, pero Conchita ya me conocía y sabía leerme la cara; ya sabía de mis miedos, así que me miró a los ojos, me agarró del brazo, y me susurró: "Relax, Susy girl; no es lo que estás pensando", y yo nomás le sonreí, ¿verdad?, toda nerviosa, pues, porque cada vez que veo policías merodeando me preocupo, pero también más tranquila porque confiaba en Conchita y sabía que si ella decía: "Relájate", podía hacerle caso, las cosas iban a estar bien; se había ganado mi confianza meses atrás, el día que hubo una redada en el complejo de departamentos donde yo vivía, y Conchita se enteró por la radio cuando iba al trabajo, y cuando me vio entrar por la puerta del restaurante al día siguiente corrió hacia mí y me estrujó bien fuerte y me acarició el pelo como si fuera mi mamá o algo así, y me susurró al oído: "Estaba tan preocupada por ti, Susy girl", y se le veía tan aliviada que me puse a pensar: uno de estos días se me va a acabar la suerte y a lo mejor Conchita no me verá venir a trabajar al día siguiente, y entonces empecé a pensar en mis chiquitos, mi Pedro y mi Santiago y mi Adriancito, preguntándome quién los llamaría a Cuévano para avisarles que su mamá había sido arrestada, a lo mejor Conchita podría pero no sabía cómo, pues, porque no sabría a qué número llamar, y la próxima vez que vi a Conchita le di el teléfono de casa de mi mamá, pero ella me dijo: "No seas silly, Susy girl, ¡si tú tienes más vidas que un gato!", y me estrujó bien fuerte, y se sintió bonito, la verdad, no sólo que nos abrazáramos sino tener a alguien en quién confiar; así que esta vez le dije bajito: "Si no es nada malo, entonces ¿qué onda con todos esos polis y esos camiones de bomberos y todo lo demás?", y Conchita se descuachalangó toda y puso una cara bien curiosa, no sabía si se iba a poner a llorar o a carcajearse o qué; ya sabes, esa cara; imagínate que la virgencita se te aparece ¡zas!, así, de la nada, y tú piensas: "¡órale!", pero también: "¡qué bella!", y también: "¡ay, nanita!", todo al mismo tiempo; esa misma cara puso Conchita, y luego dijo: "¡Dicen que hay un oso metido allá dentro, Susy girl!", y entonces sí se le puso una cara rarísima, se quedó callada pero sus ojos seguían brillando y me recordó a mi Pedro y a mi Santiago y a mi Adriancito; me acordé de sus caritas cuando eran más pequeños, antes de que tuviera que irme de la ciudad de México con doña Laura y su familia, cuando los iba a visitar los fines de semana que tenía libres y les llevaba algodones de azúcar y tabletas de chocolate Carlos V que les compraba en la terminal de autobuses de la capital; ellos me esperaban a la orilla de la carretera, quiero suponer que porque me extrañaban, pero también porque siempre llegaba con alguna golosina para regalarles, así que me bajaba del autobús con los tres algodones de azúcar como un ramo de hortensias en la mano, y ahí me los encontraba, todos acicaladitos por mi mamá, oliendo a talco y a rosas como si fueran otra vez bebés, fulgurantes de los pies a la cabeza, brillando como cascadas, listos para cubrirme de besos y llenarse la boca de azúcar hasta quedar todos pegajosos, pero bueno; Conchita seguía ahí parada, mirándome fijamente a los ojos con esa cara seria y curiosa y extraña y relumbrante, explicándome que un oso había invadido el McDonald's donde trabajábamos; lo dijo como si fuera cierto pero no podía evitar sentir que me estaba echando un cuento, así que esperé un momento, a ver si agregaba algo, pero no dijo nada más; mientras tanto el ruidero a nuestro alrededor se hacía cada vez más fuerte, las sirenas de los camiones de bomberos y las patrullas de la policía aullaban sin cesar y los polis hablaban y hablaban por sus walkie-talkies y una marabunta de mirones no dejaba de cuchichear sobre este oso que todo el mundo decía estaba en el interior; estaban todos intentando adivinar de dónde habría salido, y uno de ellos dijo que había escuchado que un circo había llegado a la ciudad; "¿Y si es un esclavo circense que salió huyendo, harto de dar el mismo espectáculo cada noche?", dijo; alguien más dijo que el oso podía haber salido de una de esas casototas que están por ahí; "Sí, una de esas mansiones inmensas que están en las colinas, los ricos no hacen más que seguir enriqueciéndose cada día más", alguien más dijo, "y ya saben lo que pasa cuando la gente pierde la dimensión de lo que tiene, empiezan a hacer excentricidades como adoptar osos como mascotas", dijo, lo que me hizo imaginar al oso enjaulado en una residencia enorme, como en la que viví con doña Laura y su familia por algunos meses hasta que un día, de la nada, se le zafó un tornillo y me despidió; me imaginé al oso todo solo, obligado a vivir en un lugar extraño rodeado nada más que de humanos; me puse a pensar si sería un oso joven o viejito, si echaría de menos la compañía de otros osos o si los osos no tenían ese tipo de sentimientos; si tenían la suerte de no sentirse así; "¿Y qué pasa si no es un oso sino un coyote o un puma?", alguien más dijo, "la gente ahora ya no sabe nada de animales, especialmente si fueron a una escuela pública", dijo; "Oiga, ¿qué tiene de malo la educación pública?", alguien más le respondió, "¡si usted piensa así, entonces usted es parte del problema!", dijo; los mirones decían todas estas cosas que yo no alcanzaba a entender, seguían ahí nomás, afuera del restaurante sin mostrar deseos de irse, como nosotros, pero a diferencia de ellos, nosotros sí teníamos razón para quedarnos porque trabajábamos ahí; ellos simplemente querían alcanzar a ver al oso como si fuera Brad Pitt o Enrique Iglesias y volverse locos con él, pedirle un autógrafo, tomarle una foto, y Conchita se quedó callada tanto tiempo que empecé a sentir que algo malo le estaba pasando, porque cuando el ambiente solía ponerse ruidoso e insoportable a nuestro alrededor el silencio nos traía paz; eso lo sabía por experiencia, porque meses atrás, semanas después de aquella redada en mi edificio, Conchita faltó al trabajo varios días, y cuando finalmente apareció se veía como si un tractor le hubiera pasado por encima, y cuando llegó apenas tuvimos tiempo de abrazarnos pero no de platicar, así que fui a buscarla a la hora del descanso que nos daban para comer y le pregunté: "Conchita, ¿qué pasó? ¿Estás bien?", y ella se quedó ahí nomás, recargada sobre la puerta de la bodega como si la mente se le hubiera ido para otro lado, su silencio más largo que la Cuaresma, y pensé que no tenía ganas de hablar, así que me di la vuelta para irme pero ella balbuceó: "No te vayas, Susy girl, por favor", y cuando volteé me dijo lo que le había ocurrido a Jonathan, el más pequeño, al que le decía Jon; cómo ella y su familia se habían ido de día de campo a la orilla del río Colorado el sábado, y cómo ella le había dicho a los chamacos: "¡Don't go in the river porque el agua es traicionera!", pero no le hicieron caso; "Nunca obedecen", dijo Conchita, y me contó que su familia estaba sola cuando Jon se hundió y no querían llamar al 911 aunque bien podían hacerlo, porque eso siempre es un relajo; "La policía te ve moreno y vestido como se visten mis hijos, y nomás piensan en gangas, nomás piensan en mojados, empiezan a hacer preguntas tontas en lugar de mover their asses y echarte la mano", dijo Conchita, y cuando su familia finalmente llamó al 911 la policía no pudo encontrarlo, buscaron a Jon toda la noche y siguieron buscándolo al día siguiente, domingo, y el lunes y el martes también; y las últimas palabras que Conchita le dijo fueron: "¡No te metas al agua! ¡Jon! ¡Jon! ¿Are you sordo o qué? Güerco malcriado, come back here!", pero no tuvo chance de despedirse, no le pudo dar un abrazo o enterrarlo porque el cuerpo de Jon nunca apareció, y me contó todo esto bien rápido, como si lo tuviera que contar ra-ta-ta-ta-ta o si no, no habría podido, y después de que dijo todo eso nomás se quedó ahí, en silencio al lado de la puerta de la bodega, y yo también, las dos con la boca cerrada; entonces abrí los brazos y ella se dejó venir como si fuera Jesús cayendo de la cruz; la estrujé con todas mis fuerzas sintiendo su cuerpo pesado entre mis brazos, y así permanecimos por un rato hasta que el descanso para comer se terminó y el gerente vino a arrearnos para que nos pusiéramos a trabajar; así que esta vez pensé que algo parecido le estaba ocurriendo a Conchita y que ésa era la razón de su silencio, pero la curiosidad me estaba matando; quería saber más sobre el oso ese, así que le dije: "¿Qué quieres decir con que hay un oso allá dentro, Conchita?", y me respondió: "¡Te juro por Dios que dicen que es un oso, Susy girl! Un oso de verdad, como el oso Yogi, you know?", y le dije: "No sé de qué me estás hablando, Conchita", y me dijo: "¡Seguro viste ese show, Susy girl! El oso Yogi, claro que sí. Un oso que vive en un national park en California y es un oso de verdad, y es bien nice y bien goofy, y siempre va de sombrero y corbata, y siempre anda como loco craving la comida de los visitantes del parque, ¿te acuerdas? ¡No me digas que nunca viste ese show, Susy girl!", y me sentí mareada porque no tenía idea de lo que estaba hablando Conchita ni entendía qué significaba *craving* exactamente; acababa de llegar de México con doña Laura y su familia apenas el año anterior y aprender inglés había sido una pesadilla; cada vez que alguien decía algo que no entendía me daba vergüenza reconocer que me quedaba en blanco, sentía que la cabeza me iba a explotar, pero Conchita me había ayudado mucho ya, había sido bien buena conmigo, de veras, así que no me importó: "Lo siento, Conchita, pero es la primera vez en mi vida que oigo hablar de ese oso", le dije, y ella me miró como si le estuviera echando un cuento: "¡Cómo crees, Susy girl! ¡Todo el mundo, everybody conoce a Yogi!", y le dije: "Bueno, a lo mejor aquí sí, pero allá en

Cuévano no pasaban esa caricatura, ¿sabes?; la tele que teníamos en la casa solamente captaba un canal y sólo veíamos telenovelas y *La carabina de Ambrosio* y *Chabelo* y *Siempre en domingo*, pero nada de programas con osos; pregúntame lo que quieras sobre cantantes y actrices, Gina Montes, Verónica Castro, Victoria Ruffo o incluso Carmen Montejo, si quieres, pero no me preguntes sobre osos *goofys* que visten sombrero", le dije, y Conchita se murió de la risa como si le hubiera contado un chiste bien bueno; sentía que la hacía reír cada vez que decía una burrada; sentía que ésa era la razón por la que le gustaba llamarme Susy girl, como si ella supiera que yo encontraba refugio en el tono de su voz, especialmente si tenía que explicarme algo que el gerente había dicho en una junta porque, ese gerente, ay, Dios; hablaba tan rápido y apenas abría la boca al hacerlo, y la mayor parte del tiempo me quedaba en blanco con lo que decía él; Conchita no tenía más que mirarme a la cara para darse cuenta, se reía y me susurraba al oído: "Don't worry, Susy girl, yo luego te lo explico", así que como de costumbre eso fue lo que hizo Conchita esta vez; "Okay, comencemos de nuevo desde el principio, Susy girl; olvídate de lo que dije sobre Yogi, ¿okay? Dicen que hay un oso de a de veras en el interior del lugar, ¡un grizzly bear de verdad! Al parecer es enorme y está muerto de hambre, porque oí que cuando los cops llegaron lo vieron en la parte de atrás, cerca de la bodega, ¿you know?, ¡tragándose todos los english muffins que dejamos en las bandejas listos para la hora pico de la mañana! ¡Aparentemente el muy bestia se los estaba comiendo con la envoltura y todo! ¡Dicen que también intentó allanar el freezer y que intentó beber de las máquinas de soda! ¡I mean, el tipo es un real bear y tiene tomado el local! ¿No es algo así como un... milagro?", y se atacó de la risa como si se le estuviera yendo la onda, sin ningún sentido, y yo no sabía qué pensar de lo que acababa de decirme; en tanto la muchedumbre alrededor nuestro se hacía más grande y más grande, todo el mundo seguía empuje y empuje contra la barrera metálica que había puesto la policía para que no pudiéramos pasar, intentando tener una mejor perspectiva de lo que pasaba en el restaurante, pero las luces en el interior estaban apagadas y los policías y los bomberos no hacían nada; nomás seguían ahí parados, hablando por sus walkie-talkies sin tomar ninguna medida, lo que me hizo pensar que a lo mejor era todo puro cuento, o que no sabían cómo lidiar con el oso, que a lo mejor estaban esperando a que se acabara la comida y saliera por su propio paso, o a lo mejor le tenían miedo, o a lo mejor no había ni oso ni nada, a lo mejor todo era simplemente un chisme que alguien se había inventado y todo el mundo quería creérselo; yo no sabía, pero nunca había visto a tanto gendarme junto en mi vida y me estaban dando ñáñaras, era todo un verdadero relajo, ruidoso y sin pies ni cabeza como una procesión de Semana Santa que no paraba de crecer y crecer y crecer; entonces un grupo de chavitos con carteles que decían DON'T SHOOT THE BEAR, GIVE BEARS A CHANCE, DO I LOOK ILLEGAL?, DI SÍ A LA VIDA NO A LA COMIDA CHATARRA, ARRIBA LAS GARRAS apareció de pronto y comenzó a cantar consignas, y ahí seguíamos nosotros, Conchita y el resto de mis compañeros de turno y yo; a esa hora ya deberíamos estar trabajando en el restaurante, sirviendo desayunos, repartiendo bolsas de papel con muffins de huevo revuelto y salchicha o lo que fuera que la gente ordenara por el Auto-Mac, y yo ya debería haber ido a limpiar los baños porque lo primero que tenía que hacer cada mañana era asegurarme de que estuvieran relucientes, porque el gerente siempre hallaba un momento para ir a revisarlos y asegurarse de que los hubiera limpiado bien, y cada mañana Conchita también se escapaba un segundo para venir a saludarme y darme un abrazo; "¡Ay, Susy girl!", exclamaba y me explicaba que eso era en parte lo malo de trabajar en un McDonald's del lado oeste de la ciudad, porque los que están en el este, decía, "Esos joints que están sobre Riverside o bien al sur por Airport Boulevard, ahí a los managers les importa un cuerno si los baños están guarros como nalga de mosca", decía, "pero aquí los clientes arman lío si se encuentran una motita de polvo en el sink, arman pancho por todo, como si esto fuera un canijo Whole Foods", decía, y yo pensaba en todo eso mientras la miraba afuera del restaurante; me acordaba de lo lanzada y jacarandosa y fuerte que era antes Conchita, cuánto había cambiado desde que Jon murió; ahora nomás se me quedaba viendo como si un gato le hubiera comido la lengua; "Conchita, me estás cuenteando, en Austin no hay osos; he visto vultures y deers, pero osos, no", le estaba diciendo, aunque me interrumpió; "Deer", dijo; "¿Qué?", dije; "Deer, Susy girl; no se dice 'deers', se dice *deer*", y le dije: "No, Conchita; *deers*, ciervos, muchos, hay un buen de esos por aquí, especialmente cuando la noche está por caer; ¿a poco no los has visto al final del día, mientras esperamos el autobús? Aparecen por la avenida en grupitos, como pequeñas familias; deers de todos los tamaños; unos son enormes y medio apantalladores, con la cornamenta y todo, pero otros son chiquitos; se ven tiernos y vulnerables como si fueran recién nacidos, cubiertos de manchitas blancas, como pecas", le dije, pero Conchita insistió: "Ya sé, Susy girl, hay muchos por aquí pero siempre se les dice deer, ya sea uno o un montón", y yo le dije: "¿Por qué?", y ella dijo: "¿Y yo qué sé, Susy girl? Yo no inventé el lenguaje, no soy el canijo Shakespeare, ¿sabes?", agregó Conchita, y yo nomás no podía entenderlo; "Me estás mareando, Conchita; si te digo que vi deer de camino para acá, ¿cómo sabes si vi uno o cuatro?", le pregunté, y Conchita se me quedó viendo como si estuviera en primero de primaria; "No lo sé, Susy girl; esa es una buena pregunta", dijo, y se quedó mirando al suelo, con el ceño fruncido, como si nunca antes se le hubiera ocurrido pensar en eso; "Ese es el tipo de preguntas que Jon me hacía todo el tiempo, ¿you know?; nomás se la pasaba haciendo preguntas que no había manera de responder", dijo; "En fin, Conchita", le dije porque no quería que se volviera a deprimir, sobre todo por alguna pregunta estúpida que se me hubiera ocurrido a mí; "Si por aquí no hay osos, entonces ¿cómo puede ser que haya uno en el restaurante comiéndose nuestros muffins? Eso está raro", le dije; "¡Exactly, Susy girl! ¡A eso me refiero! ¿No te suena como si fuera una bendición? De todos los McDonald's del mundo, ¿por qué escogió el nuestro? Tiene que haber una razón, Susy girl, ¡una razón suprema!", exclamó de nuevo llena de vitalidad, como si ya se le hubiera olvidado lo que habíamos estado hablando un minuto atrás, y yo me sentí aliviada, así que le dije: "Entonces, ¿es como si fuera un milagro?", haciendo como que le estaba siguiendo la corriente; "¡Exacto! ¡Es como una aparición!", exclamó; "¿Y por qué no?", proseguí yo, y las dos soltamos la carcajada al mismo tiempo; "¡Tenemos que encontrar la manera de verlo! ¡No podemos perder esta chance, Susy girl!", dijo Conchita, así que ahí estábamos, hablando de milagros y apariciones y cosas así, cuando apareció el gerente y nos llamó a gritos; nos ordenó que fuéramos a la parte trasera del estacionamiento porque tenía que hablar con nosotros, y la policía nos dejó colarnos por debajo de la cinta amarilla, y cuando uno de ellos la levantó para que yo pudiera pasar sentí un escalofrío; un sudor frío recorriéndome la espalda, desde las cejas hasta las puntas de los pies, pero no pasó nada; el poli me ignoró; no notó nada diferente en mi cara o en mi aspecto o en mi olor; la parte trasera del estacionamiento también había sido acordonada, estaba desierta y más tranquila que el frente, incluso tenía un aire como de serenidad; no había patrullas, ni camiones de bomberos, ni camionetas de canales de televisión, ni mirones, ni manifestantes; solamente estábamos nosotros quince, que nos habíamos reunido alrededor del gerente como cuando nos juntábamos al inicio de turno alrededor de las freidoras de papas; no dijo hola ni buenos días ni "Órale, qué día más chúntaro", nada; huraño y payaso como siempre; me recordó a doña Laura los últimos días que viví con ella; cada mañana se levantaba de un humor de perros; "Bueno, pues resulta que un maldito oso que salió de quién-sabe-dónde invadió nuestro espacio laboral bajo circunstancias que permanecen sin explicación todavía", soltó con muina, como si todavía no hubiera visto al oso pero ya le tuviera tirria, como si ya se hubiera convencido de que lo mandarían a una sucursal del este de la ciudad por haber permitido que esto sucediera; "la policía sigue intentando averiguar quién es el responsable de este despropósito, pero ése no es el punto; el punto es que no saben qué demonios hacer con él, porque pegarle un tiro a la pelambrera ésa y ya, por más que a mí personalmente me encantaría hacerlo, no es una opción viable en este momento, por varias razones", dijo, dando golpecitos de impaciencia sobre el asfalto con su pie izquierdo; era un tipo chaparro, rechoncho, con el pelo entrecano; siempre llevaba unos mocasines de color marrón bien feos y súper brillantes; el mismo par de zapatos para ir al trabajo cada día; me lo podía imaginar levantándose bien temprano cada mañana para bolear esos zapatos como si fuera lo único que importara; "así que como aún desconozco la hora en que este maldito estropicio se verá resuelto", estaba diciendo cuando Conchita lo interrumpió: "Tengo una pregunta; ¿nos van a dejar verlo?", dijo, y el gerente le echó unos ojos de pistola tremendos y le ladró: "¿Qué dijiste?", y yo pensé: ay, Dios, otra vez no; sentí que el tipo ahora sí iba a estallar porque durante los días posteriores a la muerte de Jon, él y Conchita se la pasaban peleando todo el tiempo; Conchita le hacía preguntas que lo ponían a echar humo durante la junta de las mañanas, o le pegaba de gritos si aquél le daba alguna orden que a ella no le gustara o si se le ocurría comentarle que estaba realizando sus labores "de manera descuidada", y el resto de empleados nomás comenzaron a cuchichear que Conchita tenía los días contados y que la única razón por la que no la habían puesto de patitas en la calle era porque el gerente no tenía los tanates para despedir a una mujer de mediana edad que acababa de perder a un hijo, lo cual me hizo sentir nerviosa y frágil; me imaginé sola en esas reuniones sin Conchita, batallando para entender una palabra; "¡El oso!", le vociferó ella; "¿Qué tiene?", le respondió el otro con un grito; "¿Nos van a dejar ver al oso?", dijo Conchita; su voz se quebró a la mitad de la frase y me di cuenta de que estaba llorando; un calambre me atravesó la panza porque quería ayudarla pero no podía; tenía ganas de que le parara ya porque no quería que el gerente la despidiera ahí mismo, pero Conchita no bajaba la guardia; "¡Tiene que hacer algo al respecto! Usted es el que manda aquí; ¿no se da cuenta de que ésta es una oportunidad que no vamos a volver a tener jamás en la vida? ¡Pídales que nos dejen verlo!"; Conchita gritaba como si la jefa fuera ella; la tensión flotaba en el aire, toda pesada como un trozo de carne, y yo no tenía duda de que todo el mundo estaba pensando lo mismo: ya estuvo, Conchita no va a volver a freír una sola papa francesa más en este changarro, y yo cerré los ojos nomás deseando que se acabara el calvario; los ruidos que llegaban del frente del restaurante comenzaron a llenarme de nuevo los oídos, una escandalera tenía yo en la cabeza y no dejaba de escuchar los walkie-talkies y las sirenas y los enlaces en vivo por televisión y las consignas: GIVE BEARS A CHANCE! GIVE BEARS A CHANCE! una y otra y otra vez, pero también alcanzaba a escuchar los pulmones de Conchita, su respiración agitada y sus sollozos, bien fuertes y tan cerca de mí como si tuviera yo las mismísimas orejas pegadas contra su pecho; "¿Y entonces?", aulló, "¿piensa hacer algo al respecto?", y entonces abrí los ojos y miré al gerente, pero éste no decía nada; primero repasé sus horrendos mocasines y luego sus pantalones de color crema y luego su camisa blanca e impoluta y luego su cara enrojecida; había cerrado la boca y tenía los ojos humedecidos, como si acabara de caerle el veinte, como si apenas se hubiera dado cuenta por qué a Conchita se le había ido la luz en la azotea, pero no había manera de que ésta cerrara el pico; "¿Por favor les puede pedir que nos dejen verlo aunque sea una vez?", le imploró, y ahora los ojos de todos nosotros estaban puestos en él, y tan chiquito y pelele que se veía; fue la primera vez que sentí lástima por él, y cuando lo sentí me sorprendí a mí misma porque nunca me imaginé sintiendo lástima por alguien a quien le tuviera tanto miedo; ni por doña Laura llegué a sentir lo que estaba sintiendo por este hombre en ese momento, ni siquiera cuando me enteré de lo que le había pasado a su papá; me imaginé al gerente solo en su casa, sacando lustre a sus feísimos zapatos al lado de la cama, preguntándose por qué no había logrado todavía que alguien lo quisiera; "Lo siento, Concepción, creo que eso no va a ser posible", le respondió con una voz afligida que dejaba ver que el tipo tenía sangre en las venas después de todo, una mala sangre horrible, eso sí, pero sangre al fin y al cabo; "Está bien", fue todo lo que alcanzó a decir Conchita, y se cubrió la cara con sus manos chiquitas, con sus dedos regordetes cubiertos de anillos de plata, sus sollozos apagados e imparables; "En fin", dijo el gerente luego de tragar saliva, "llamaron del corporativo para decir que es mejor que todo el mundo se haga el perdedizo, así que tendrán que marcharse, están libres por hoy; va a contar como día festivo", dijo con cara de desdén, como el mismo imbécil de siempre; "sólo una cosa más antes de que se vayan", dijo de forma amenazante, "hablar con la prensa está totalmente prohibido, a menos que quieran que prescindamos de sus servicios"; el resto de mis compañeros de turno se dirigían hacia la parte de enfrente del estacionamiento, pero el gerente los llamó de nuevo a gritos; "¿Qué parte de la frase se *tienen que ir* no les quedó clara? ¡No se pueden quedar a mirar! ¡Esto no es un maldito circo! ¿Lo entienden?", vociferó, pero yo permanecí en la parte trasera, junto a Conchita; busqué en mi bolso y le pasé un kleenex, y mientras se sonaba la nariz yo le acariciaba el pelo; "Y entonces, ¿ahora qué hacemos?", le pregunté para ver si eso la animaba, "¿qué se supone que tenemos que hacer ahora, Conchita? No entendí lo que dijo", le mentí; "¿Sabes qué?", me dijo cuando dejó de llorar y se limpió el rímel que se le había corrido alrededor de los ojos, "Hoy vamos a pasárnoslo a todo dar, Susy girl, ¡el día nos pertenece! ¿Cuándo fue la última vez que tú o yo tuvimos el día entero sólo para nosotras? ¡Vámonos al mall o a las movies o a donde sea! ¿Cómo ves?", me dijo, haciendo un esfuerzo por sonreír, y yo pensé que eso nos caería bien a las dos porque ella tenía razón, pero también me puse a pensar que nunca había ido al cine en Austin y que no sabía cuánto costaba; me preocupaba que saliera caro y que yo no estaba como para andar gastando el dinero en tonterías; necesitaba mandar todo lo que pudiera a casa, y fue entonces que volví a pensar en mi Pedro y mi Santiago y mi Adriancito; intenté acordarme de la última vez que vimos una película juntos, y no hubo manera; intenté imaginarme cuánto habrían cambiado desde que los dejé en Cuévano con mi mamá, y nomás no pude; "Me encantaría, Conchita, pero no sé, tú sabes que siempre ando apretada de gastos y sería mejor si..." le estaba diciendo cuando Conchita me interrumpió; "¡Chist! ¿Oyes eso?", dijo, "¿Qué?", dije, "Ese ruido", dijo, "¿No lo oyes?", y nos quedamos en silencio y entonces lo oí; el ruido parecía venir del interior del restaurante, saliendo por debajo de la puerta trasera, apenas a unos cuantos metros de donde estábamos nosotras; era un sonido suave y desollador, como el ruido que haces cuando desgarras una bolsa de plástico; "Sí, ¡lo oigo!", le susurré toda exaltada; "¡Es él!", dijo Conchita, celebrando en voz baja con los ojos alborozados de vida una vez más, como si estuviera anunciando la llegada de Cristo Jesús; "¿Tú crees?", murmuré; "¡Ándale, Susy girl, no podemos dejar pasar esta chance!", dijo Conchita, y me arrastró en dirección al restaurante, pero al principio me resistí porque sentí miedo; qué tal si el oso salía y nos atacaba, qué tal si los policías nos descubrían fisgoneando por la puerta trasera, pero Conchita me imploró quedito: "¡Please, please!", con las palmas de las manos juntitas como si estuviera en medio de una plegaria; no me quedó más que esperar que todo saliera bien y me dejé llevar, y cuando llegamos hasta la puerta recargamos la espalda y fuimos bajando poquito a poquito hasta tocar el suelo con las pompas; esperamos ahí en un silencio sepulcral hasta que lo oímos de nuevo, el ruido se volvió real y transparente, y cuando lo escuchamos Conchita y yo soltamos una risita tonta cual si fuéramos chiquillas, riéndonos tan recio que tuvimos que taparnos la boca; unas ganas de patalear sobre el suelo de la emoción tan incontrolables que por un momento sentí que me iba a hacer pipí en los chones ahí mero; "¿Qué hacemos, qué hacemos?", le pregunté a Conchita gesticulando, y ella me hizo la seña de "¡Chist!" con un dedo cubriéndole los labios, y entonces oímos el sonido de unas garras que desgarraban una bolsa de plástico en busca de comida; me imaginé al oso sentado en el suelo de azulejo, rodeado de montañas de basura de papel y de unicel y de un revoltijo de bandejas de metal; su pecho peludo y marrón espolvoreado de migajas de pan y unos hilitos de celofán colgándole del hocico; "Huele chistoso", susurró Conchita segundos después; "La verdad, sí", le respondí entre murmullos porque tenía razón; un tufo picante, como el de la lana de una oveja cuando está mojada, se me metió por la nariz; de vez en cuando el ruido de las bolsas siendo deshebradas se detenía y entonces podíamos oír pequeños gruñidos o movimiento cerca de la puerta, y fue entonces que más sentí su presencia, pesada y solitaria, muy cerca de nosotras; lo sentí majestuoso y rozagante y desorientado; "Tus güerquillos no lo van a creer cuando les cuentes esto, Susy girl", Conchita me suspiró; me le quedé viendo, y ella se me quedó viendo a mí; tenía ganas de decirle algo, pero no le dije nada; simplemente tomé sus manos entre las mías; cerré los ojos y me vi de regreso en Cuévano, bajando del autobús con las manos llenas de regalos para mis chiquillos; los vi de nuevo esperándome a la orilla del camino, mi Pedro y mi Santiago y mi Adriancito más altos que la última vez que los vi, mucho más altos pero felices de tenerme de vuelta en casa al fin; Conchita y yo nos quedamos así hasta que el sonido de plástico desgarrado se volvió a oír; "Tiene que dejar de comerse esos muffins", me dijo ella al oído, y pues tuve que asentir; "Sólo espero que a estas alturas ya sepa dónde queda el baño", le dije yo, y no pudimos aguantarnos la risa; y entonces la sentimos, la enorme nariz del oso olfateándonos el trasero por debajo de la puerta, el aire cargado y silvestre que salía de sus fosas nasales calentando el suelo y haciéndonos cosquillas a través del poliéster de nuestros uniformes; el animal se recargó sobre la puerta y sentimos un empujón duro y breve, y a mí se me heló la sangre; la piel de los brazos se me puso chinita y se me acabó la risa; miré de reojo a Conchita para ver si se había asustado y la encontré con una enorme sonrisa llena de paz abarcándole la cara; le hice una seña de que teníamos que irnos y ella me respondió con otra seña que quería decir: "Todavía no, vamos a quedarnos un poquito más, ¡please!", pero entonces lo sentimos de nuevo, otro empujón en la puerta, más duro y violento esta vez; yo solté un chillido, y Conchita soltó un chillido también, y ya no hubo más que decir después de eso; simplemente salimos disparadas y nos echamos a correr; en cuestión de segundos cruzamos el estacionamiento vacío, yo no había corrido tan rápido desde que estaba en Cuévano y no era más que una escuinclita, y mientras corríamos no dejábamos de reír; nos seguimos riendo más y más y más, hasta que llegamos a la parada del camión, completamente sin aliento.

Una mejor latitud

Esa tarde de jueves no llovió, pero el aire rancio y caduco que se sentía abalanzarse sobre la ciudad parecía salido de un cajón que hubiera permanecido cerrado durante mucho tiempo. Era la última semana de clases de Laureano. Llegué tarde a recogerlo a causa de una cita de último momento que había tenido que atender en el consultorio, y le cumplí el antojo de llevarlo a comer a McDonald's. Ya conoces a tu hijo; ya sabes cuánto le encanta esa porquería, y *ya sé, ya sé* que le hace mal, pero tenía ganas de ponernos en un tono festivo. No quería ir a casa de inmediato. Necesitaba que mi cerebro entumecido y su energía inagotable pudieran desahogarse en otro lado.

Manejé hasta el McDonald's que está sobre Barranca del Muerto, uno inmenso que da hacia Periférico y que tiene un área de juegos gigantesca en la entrada (estoy segura de que no sabes de cuál estoy hablando porque tú jamás habrías ido a un lugar así; decías que la comida chatarra gringa era una nacada, que sólo a los wannabes y a los pobres podía antojárseles). Laureano no probó ni un McNugget de pollo. Engulló las papas a la francesa y el jugo de naranja tan rápido como pudo, y salió corriendo hacia el área de juegos, como si estuvieran regalando tutsipops allá dentro. Se pasó una eternidad en la alberca de pelotas, saltando y tirándose clavados y salpicando furiosamente, rodeado de niños que parecían más pequeños que él. Lo miraban con cautela y mantenían su distancia porque tu hijo parecía tomarse demasiado en serio la idea de divertirse, como si fuera un asunto de vida o muerte. Yo me quedé esperándolo en la mesa donde habíamos comido, escribiendo tu nombre en la envoltura de mi hamburguesa, usando una papa a la francesa huérfana como pluma y catsup como tinta, mirando a Laureano a través de un enorme ventanal debajo de un letrero que decía

BIENVENIDOS A PLAYLAND

Parecía un delfín frenético ensayando nuevos malabares en el mar abierto, montando las olas de una tormenta multicolor. Yo intentaba permanecer en el ahora, ver cómo enloquecía, pero no tenía cabeza para otra cosa que no fueras tú.

Cuatro semanas habían pasado desde la última vez que te había visto, desde la última vez que los tres habíamos cenado en casa. Fue un miércoles. Te quedaste a pasar la noche, dormimos juntos pero no hicimos el amor; yo tenía la regla. A la mañana siguiente te sentaste a la mesa de la cocina al lado de Laureano y te pusiste a mirar cómo devoraba un plato de corn flakes con leche fría mientras tomabas un café negro y te quejabas de lo exhausto que te sentías. Dijiste que estabas entrando en esa edad en la que, da igual cuántas horas duerma, uno siempre se siente cansado. Yo sentía que había llegado a esa edad hacía ya algún tiempo pero no te dije nada. ¿Qué sentido tenía discutir contigo nuestras miserias inevitables tan temprano, minutos antes de tu partida? Laureano se alistó para ir a la escuela, y cuando ustedes dos estaban ya en el coche te pregunté si debíamos esperarte esa noche. Me preguntaste qué día era. Jueves, dije. Te quedaste pensando. Dijiste que no estabas seguro si estarías de regreso a tiempo para cenar, pero que seguro vendrías. Yo permanecí en la acera, mirando tu coche alejarse hasta que dio vuelta en una esquina y nunca más los volví a ver, al coche y a ti. La mañana se iluminó de nubes. Los tonos verdes de las hojas de los árboles, el rosa mexicano de las flores de las buganvilias que reptaban por la pared de la casa que daba a la calle; todo había empalidecido como si no pudiera respirar, todos los colores se habían vuelto más lívidos de lo que alguna vez habían sido en la ciudad de México desde que yo tengo memoria.

Salimos de McDonald's a esa hora sepulcral de la tarde en que no es la hora de comer ni tampoco la de cenar, y la gente en los restaurantes parece fuera de lugar. Vinimos a casa y le dije, Laureano, es hora del baño. Me rogó que lo dejara salir al jardín y ponerse a jugar en la casa del árbol. No daba crédito a su resistencia. Yo me sentía agotada todo el tiempo, atestiguar el derroche de energía de este niño me avasallaba, me superaba ver que lo único que quería era divertirse, como si nada más existiera. Quería que se bañara lo antes posible porque había estado jugando en esa asquerosa alberca de pelotas descalzo y no se había lavado las manos desde entonces. No quería siquiera pensar en los gérmenes que traería en los pies, en la cara. No estaba de ánimo para pleitos, así que lo dejé ir.

Pasó una hora y seguía allá fuera. Era el momento de la tarde previo al estallido de la noche. El cielo se tiñó de blanco y yo sentí que el invierno nos había vuelto a agarrar por el cuello a pesar de que estábamos a finales de junio. Abrí la puerta corrediza que daba al jardín y llamé a Laureano. No respondió. Volví a gritar su nombre de nuevo. Tu hijo, testarudo como un bolillo que se ha hecho viejo. Salí al jardín dispuesta a traerlo, pero de repente su rostro pecoso se asomó por una de las ventanas diminutas y anunció que ya venía. La sonrisa que le poblaba la cara era enorme e insuperable. Era una versión de ti en miniatura.

Laureano pegó un salto desde el porche de la casa del árbol y corrió hacía mí con los cachetes relucientes y henchidos de rubor. Dije que era hora del baño. Se detuvo al instante en medio del jardín y dijo que no creería con quién había estado jugando. Tenía cero interés en averiguarlo. Llevaba en pie desde la seis y media de la mañana, había sido un día horrible en el consultorio, cuatro pedicuras (viejitas diabéticas, clientas encantadoras como una hemorroides), un caso severo de pie de atleta, y una cirugía para arreglar un buen par de uñas enterradas y repulsivas. No me quedaba ánimo para acertijos, pero Laureano insistió en que adivinara. Mencioné entonces algunas de sus mascotas de peluche por su nombre —la jirafa Denver, el gallo Pensacola, la oveja Pompeya— pero no sirvió de nada. Le ganó la risa tonta, agitó la cabeza con tenacidad y dijo que nunca daría con la respuesta. Me doy, le dije, y confesó que había estado jugando contigo. Los ojos le brillaron de manera arrebatada, poseídos de júbilo. El pequeño bastardo estaba feliz como si fuera Día de Reyes. Los músculos de las piernas se me hicieron gelatina, fofos y trémulos. Los labios me temblaban. Por un segundo, lo odié. Quería agarrarlo a bofetadas y abrazarlo con fuerza y romper en llanto y gritar

¿Por qué me estás haciendo esto?

todo al mismo tiempo, pero no lo hice. Me imaginé tu cuerpo lánguido, tus ciento ochenta centímetros de estatura hechos un murruño dentro de esa casa de juguete al lado de nuestro hijo, tu pelo entrecano arañando el techo como un puercoespín con picazón, tus brazos largos e infinitos y tus manos recias batallando para entrar en esa caja, y la imagen me resultó desternillante y descorazonadora. Le pedí a Laureano que me contara más, pero dijo que no había más qué contar. Me obligué a sonreír; tragué saliva y repetí: "Hora del baño". Lo agarré de la mano, y su mano estaba tibia y suave, chorreante del anhelo y la lozanía y el arrojo propios de la juventud. Entramos en casa. Sentí unas ganas desquiciadas de ponerme a beber.

Cuando Laureano se estaba quitando la ropa en el baño me dijo que le tenía que lavar bien las orejas porque tú les habías echado un vistazo y habías dicho que estaban sucias. Le pedí que repitiera lo que acababa de decir, y lo hizo. ¿De verdad le revisaste las orejas cuando estaban reunidos? El pequeño tú lo confirmó y agregó que además le habías echado un ojo a las uñas de sus manos y de sus pies, así como a sus dientes. Lo tomé de los hombros, me agaché, y exploré sus oídos. Fue en ese momento que señaló que habías declarado sus uñas libres de mugre, pero que tenía que hacer un mejor trabajo al lavarse los dientes. Fue entonces que pensé

SÍ, CÓMO NO

Había pasado también un mes desde la última vez que te había visto él. Parecía echarte de menos tanto como yo, pero no habíamos hablado al respecto. Yo sabía que hacía ya mucho tiempo que se había acostumbrado a tu presencia intermitente en nuestras vidas. Ya sabía que sólo dormías un par de noches a la semana en casa, que sólo lo llevabas a la escuela de vez en cuando. No me pareció que hiciera falta hablar de tu ausencia todavía.

Pero una noche, a la hora de la cena, preguntó cuándo estarías de regreso. Estábamos terminando el postre. Mientras intentaba encontrar una respuesta a la misma pregunta que me hacía yo cada día, le ofrecí más limonada. Me miró con esos ojos tuyos que querían decir: "Basta de cuentos, ma". Le dije que habías tenido que hacer un viaje de negocios muy largo, más prolongado y a un lugar más lejano de lo habitual, y que ésa era la razón por la cual no habías podido venir a casa o incluso llamarnos, pero que seguramente lo harías, pronto. Me preguntó adónde habías ido. Sentí como si las miles de espinas de un nopal me atravesaran el pulmón. China, respondí. Me preguntó a qué parte de China. Quería darle la orden de que se callara y dejara de hacerme daño, pero lo único que dije fue que no habías ido a Shanghái ni a Pekín, sino a un pueblo en el sur, una aldea tan pequeña que sus calles no estaban asfaltadas sino hechas de polvo, su aeropuerto tan modesto que sólo un avión podía aterrizar ahí cada semana. Me miró con unos ojos enormes y llenos de estupefacción, y me sentí abominable por aprovecharme de sus seis años de edad. Quería saber el nombre de ese pueblo. Dije que no lograba recordarlo porque apenas había oído hablar de él, y lo invité a que se terminara su ensalada de fruta. Comenzó a rogar que lo buscáramos en el mapamundi que le habíamos regalado por su cumpleaños, el que acabábamos de pegar en la pared arriba de su cama. Eran más de las ocho. Hora de irse a la cama; lo haríamos en la mañana, le prometí. La rechingada versión de ti en miniatura insistió, insistió e insistió, su vocecita apestosa de fruta cada vez más fuerte, tornándose escalofriante hasta que accedí. Salió disparado fuera de la cocina. Fui detrás de él arrastrando los pies, deseando poder convertir el agua en whisky, deseando haber tomado mejores decisiones en mi vida.

Me encontré a Laureano descalzo y de pie sobre la cama, su dedo índice reptando a lo largo de la esquina de Asia coloreada de mostaza, buscándote. No, no es Hong Kong; esa ciudad es en realidad bastante grande, dije. Preguntó si era Beihai, o Shantou, o Simao, o Xiamén, su dedo dando saltitos por los confines de la tierra lejana. En voz alta pronunció los nombres que fue encontrando en el sur de China y lo hizo a toda velocidad. No cabía de asombro, tan listo, tan pequeño. Pensé en todas las desgracias que la vida tenía reservadas para él y en lo guapo que era y en lo bien que podía leer a tan corta edad, una maraña de pensamientos que me hicieron sentir muy sola. Quería llenarlo de besos hasta el fin del tiempo y huir con él a otro planeta en donde no te había conocido y él seguía siendo mi hijo, otro lugar donde tú eras un hombre distinto y te quedabas con nosotros, pero simplemente permanecí de pie detrás de él, envolviéndolo en mis brazos, nuestros pies tocándose en la colcha, mi dedo índice apuntando en el mapa al sitio más diminuto y aislado que pude encontrar. Lo único que dijo fue

ÓRALE

Dijo que en efecto era distante y chiquitito. Le dije: y ahora sí hay que irse a la cama.

No volvió a mencionarte de nuevo hasta ese jueves. Yo no tenía idea de dónde estabas y cada día me preguntaba por qué ni siquiera habías llamado. Cuándo él dijo que le habías revisado los pies y las manos para asegurarte de que lo estuviera cuidando bien mientras tú estabas fuera, le resté importancia a su alucinación, a su sueño despierto, pensé que simplemente era su manera de lidiar con tu ausencia. Pero esa misma noche más tarde, cuando Laureano ya estaba dormido, trepé hasta la casa del árbol para ver si seguías ahí, para ver si yo también lograba verte, pero no cupe. No recordaba cuán pequeño era el espacio. ¿Cómo lo lograste? ¿Cómo hiciste para colarte por la casa sin que yo me diera cuenta? ¿Por qué solamente lo viniste a ver a él?

Ya sabía yo que un día te irías para siempre. Sabía que al final terminaría criando a Laureano yo sola. Nos separaban veinticinco años. No tenía la menor duda de que en algún momento tendría que darle a Laureano la noticia de tu partida definitiva. Había repasado la escena en mi mente infinidad de veces. Incluso había ensayado, practicando diferentes expresiones frente al espejo como en un churro de película: devastada, indignada, resignada. Siempre con la misma frase:

LAUREANO, PAPÁ SE FUE AL CIELO

Tú insististe en que lo bautizáramos y que fuera a una escuela católica, así que pensé que si le decía:

LAUREANO, PAPÁ HA MUERTO

lo primero que preguntaría es si habías logrado salvarte. Sabía que dudaría al responder, y que eso lo llenaría de mortificación. En mis ensayos te otorgaba el perdón de manera instantánea, la salvación eterna.

Me gustaba pensar que cuando ya no estuvieras, no tendría que seguir dorándole la píldora frente a cualquier pendejada, como todavía lo sigo haciendo. Me veía convertida en la mamá honesta y chingona que nunca he sido:

No, Laureano,

ni tampoco el cielo ni el infierno. Esas son patrañas que le gustaba creer a tu papá para que las cosas fueran más fáciles para él. Y no, mamá y papá nunca se casaron.

La imagen nupcial que está en el buró al lado de mi cama no es auténtica, es

LA FOTO DE BODAS MÁS FALSA DE LA HISTORIA

La primera vez que pediste ver una fotografía de nuestra ceremonia conyugal renté el vestido de novia en una tienda de disfraces y papá se vistió con un esmoquin que no había comprado especialmente para la ocasión ni nada de esas estupideces, y esa foto nos la tomaron en un estudio fotográfico que estaba cerca de su oficina a la hora de la comida. Y cuando me vi enfundada en ese vestido sentí ganas de que en realidad sí nos hubiéramos casado, y cuando el fotógrafo nos pidió que sonriéramos para la cámara tuve que ahogar las lágrimas y pensé

QUÉ CHINGADOS ESTOY HACIENDO

en este espantoso vestido. ¿Por qué estoy arruinando mi vida de esta manera? Y papá se ausentaba de casa constantemente no por su trabajo, sino porque tenía otra familia y vivía con ellos, incluso después de que su esposa falleciera. Sí. Papá te quería, Laureano. Yo creo que de verdad te quería, pero no lo suficiente. Tampoco me quería lo suficiente a mí. Él decía que sí, pero no era cierto. Nos quería de la misma manera que la gente como él quiere a los perros de raza, los coches de lujo, los tiempos compartidos en Acapulco.

un pasatiempo extravagante que se podía permitir.

Y aun así lo quise. Lo quise un chingamadral. No era una cuestión de ser inteligente o idiota o valiente o débil o fuerte. Sólo espero que esto nunca te pase a ti, hijo mío. Que sepas que te estás enamorando totalmente, inmensamente, grandiosamente, irreparablemente de alguien que te va a joder la vida por completo, y no puedas hacer nada al respecto.

Laureano acabó la escuela a la semana siguiente y lo metí en un campamento de verano de inglés para que yo pudiera seguir trabajando por las mañanas. La tarde del domingo llamé a mis padres, por primera vez en años, para ver si las cosas habían cambiado. Por alguna razón pensé que mi padre estaba enterado de tu desaparición y que tal vez habría cambiado de parecer. Tal vez querría conocer a su nieto. A lo mejor incluso me pediría que dejara a Laureano quedarse con ellos durante el verano. Cuando escuchó mi voz por el teléfono, preguntó

TODAVÍA TE SIGUES COGIENDO AL VIEJO ESE

Quería decirle que hacía más de un mes que no aparecías, que no sabía si me habías dejado o te habías muerto o qué, pero lo único que dije fue sí, seguía contigo.

ASÍ QUE SIGUES SIENDO UNA PIRUJA

dijo, y colgó.

Cada tarde, después de comer, Laureano me pedía permiso para ir a la casa del árbol y poder jugar contigo. A su regreso, me presumía todas las cosas divertidas que ustedes dos habían hecho juntos. En una ocasión se llevó sus animales de peluche con él, no sólo Denver y Pompeya y Pensacola, sino también José Alfredo, el jabalí; Acambay, el tiranosaurio, y Blue Demon, el chimpancé. Los metió a todos apretados en su mochila del Hombre Araña, como si se fuera a marchar de casa, y lo miré cruzar el jardín y trepar rápidamente por la escalera de goma, la mochila dando tumbos en su espalda, golpeando sus omóplatos alternadamente. Tú, corriendo hacia ti. Cuando regresó dijo que habían jugado al zoológico de Chapultepec. Tú habías encarnado al cuidador de los animales y él al veterinario, y juntos habían curado a todas las bestias del zoológico de un raro padecimiento que les impedía masticar la yerba. Otra tarde, empacó *The Cat in the Hat Comes Back* y *Caperucita roja*. A la vuelta me dijo que tú se los habías leído en voz alta, dándole una voz distinta a cada personaje, interpretándolos como si estuvieras en un escenario, tantas veces como él te lo había pedido.

Yo aguardaba en la sala, mirando hacia la casa del árbol desde la distancia, intentando echar un vistazo a lo que ocurría ahí dentro, esperando ver tu cara bronceada y ligeramente poblada de arrugas aparecer por alguna de esas ventanas diminutas, pero nada se movía en el interior. Una vez crucé el jardín de puntitas y me acerqué al árbol tanto como pude, intentando espiar su supuestamente idílica relación padre-e-hijo, pero la casa del árbol yacía en calma, como si hubiera estado vacía por siempre, y el silencio sólo se veía interrumpido de vez en cuando por el piar de un pichón llamando a su madre o por el aullido de una sirena de la policía proveniente de lo más profundo de la ciudad, inmenso y amenazante y cargado de desdicha.

A la tarde siguiente, cuando estaba empacando sus animales de peluche, alistándose para otro día de diversión sin límites en el zoológico con su papá, le pregunté cuándo habías vuelto de China. Nos encontrábamos en su habitación. La mochila descansaba encima de la cama frente a Laureano, que estaba empujando a Denver por las pezuñas para hacer que cupiera. Miró hacia el mapamundi encima de su cama y luego se volvió hacia mí confundido, como si estuviera haciéndose la misma pregunta por primera vez. Dijo que no lo sabía, y siguió atascando la mochila de animales de peluche. Mientras lo veía partir caí en la cuenta de que había aprendido a lastimarlo sin dejar huellas; la próxima vez igual podría darle azotes en las plantas de los pies. Esa noche a su regreso no reportó nada sobre tu viaje. Yo no insistí. Ninguno de los dos volvió a sacar el tema de China una vez más.

Intenté llamar a tu oficina. Tu asistente sonaba hecha polvo, como si se hubiera destrozado todos los dientes en un accidente de tráfico espantoso y hubiera tenido que conservarlos en la boca. Me preguntó quién era yo, qué quería. Ya no hablaba: había aprendido a ladrar. Le dije que era tu pedicurista y que estaba llamando porque habías faltado a tus últimas dos citas y tenías una más la semana siguiente. No respondió. La época de lluvias había por fin caído sobre la ciudad. Podía escuchar los coches haciendo olas sobre la calle inundada frente a mi consultorio. Tu asistente dijo que seguirías fuera de la ciudad por un tiempo más, pero que te haría llegar mi mensaje. Lo dijo de tal manera que sentí ganas de dar por terminada la llamada. ¿Pero estarías de regreso a tiempo para tu próxima cita? Era viernes, y dije que te tenía agendado para el lunes. Volvió a decir que si lo deseaba, podía dejar un mensaje.

El sábado por la mañana, Laureano dijo que quería ir a la alberca. Vamos a cambiar un poco de aire, le dije; salgamos de la ciudad. Quería sacarme de encima esta sensación de papel de estraza arrugado que me estaba carcomiendo la piel. Quería que el cielo sin nubes, azul y forastero del resto del planeta me sobara los huesos y les diera vida una vez más. ¡Vámonos al sur, vámonos al sol! Empacamos toallas y trajes de baño y juguetes de playa, y nos dirigimos hacia Cuernavaca. Laureano incluso se llevó sus animales de peluche. La posibilidad de llevarlos de expedición tipo safari lo había colmado de emoción; dijo que no darías crédito cuando te contara todos los detalles de nuestro viaje. Le sugerí pasar a comer a uno de los famosos puestos de quesadillas —obviamente no tienes idea de lo que estoy hablando— que están instalados a lo largo de la carretera, justo cuando acaba Insurgentes y comienza la autopista federal, esa parte del mundo donde los árboles se levantan más altos que un rascacielos y ciertas partes de la naturaleza aún no han sido arrasadas por el desconsuelo. Pero el atolladero del tráfico sobre Periférico no hacía más que empeorar conforme avanzábamos hacia el sur. Cuando llegamos a nuestra salida no pudimos seguir adelante. Estaba bloqueada por patrullas de la policía y grúas del departamento de control de enfermedades del gobierno capitalino. Una cuadrilla de trabajadores ataviados con overoles blancos y los rostros cubiertos con mascarillas de respiración de color azul estaba montada sobre las grúas, recogiendo decenas de extremidades humanas que colgaban de los árboles a la orilla del Periférico, como si los brazos y piernas desmembrados de cuerpos que nadie nunca lograría localizar se hubieran convertido en la nueva fruta endémica de la ciudad. Nunca antes había visto algo parecido, sólo había leído al respecto en los diarios, lo había visto en el noticiero, rehusándome a dar crédito a semejantes reportes. No pude evitar preguntarme si alguno de esos miembros sería tuyo y si ésa era la razón por la que habías desaparecido, pero la sola idea de pensarlo me atragantó de dolor. Me pregunté si las madres de quienes habían perdido sus partes sabían lo que les había ocurrido a sus hijos, y la tristeza que sentí por ellos se multiplicó desoladoramente. Laureano preguntó qué estaban haciendo ahí trepados esos hombres de blanco enmascarados. Nada, le dije,

TÁPATE LOS OJOS

y le arrojé mi suéter de cachemir de color cobre sobre la cabeza y le ordené que permaneciera cubierto hasta que yo le avisara. Luego de un tiempo eternizado llegamos a la siguiente salida. La tomé y estacioné el coche, mi corazón palpitando como una tambora. Me pregunté por qué le había dicho a mi padre que todavía seguía contigo. Me pregunté en qué estaba pensando cuando acepté salir contigo la primera vez, y sentí cómo te transformabas en un animal exótico dentro de mí. Me pregunté qué habría alcanzado a ver Laureano antes de que le dijera que se cubriera los ojos, y qué tipo de sentimientos, qué concepto del mundo engendraría cuando lograra entender este momento. Recordé que había un Radisson del otro lado de Periférico, y le dije a Laureano que no podríamos ir a Cuernavaca, pero que aún podríamos ir a la alberca. Acaricié sus piernas y luego sus hombros y su espalda, como si estuviera helando afuera. Lo atraje hacia mí, estirando mi torso por encima de la palanca de velocidades para poder abrazarlo. Me preguntó si ya podía destaparse la cabeza. La voz del pequeño tú sonaba apagada y temblorosa. Dijo que el suéter le estaba dando calor y comezón.

La mañana del lunes volví a llamar a tu oficina. Ofrecí una vez más una explicación acerca de tus citas, y tu asistente repitió lo mismo que había dicho el viernes, como si fuera el saludo automático de una contestadora. Dije que en tu última visita habíamos tomado unas muestras de la piel de tu pie y que necesitaba hablar de los resultados contigo urgentemente. Hizo caso omiso a mi excusa absurda y preguntó: doctora Guevara,

¿LE GUSTARÍA DEJAR UN MENSAJE PARA ÉL?

Esta vez sonó cálida y comprensiva, como si me conociera bien y estuviera preocupada por mí, como solía sonar mi madre cuando aún me hablaba. Intenté imaginarla en su escritorio atendiendo mi llamada, y me di cuenta de que sabía muy poco sobre ella. Sabía que era mayor, como tú. La única vez que hablaste de ella dijiste que llevaba trabajando para ti desde 1970. Respondí que ése era el año en que yo había nacido. Le diste vueltas por un momento, como si estuvieras intentando encontrar cierta lógica entre ambos hechos, y dijiste que nunca la habías remplazado por alguien más joven porque no querías que tu esposa pensara que podías ponerle los cuernos con tu propia secretaria. Tu esposa aún vivía; Laureano todavía ni existía. Yo entonces pensaba que lo nuestro no era más que una locura pasajera, una aventura tórrida y sin consecuencia. Aun así, me dolió oírte hablar de tu propia asistente en esos términos. No mencionaste que la hubieras mantenido porque fuera buena en lo que hacía o porque fuera leal o porque te conociera como si habitara tu cerebro. Me di cuenta de que tenías la capacidad de deshacerte de la gente como si fueran bolsas tipo Ziploc, pero me tomé ese aspecto de tu personalidad como solía tomarme la mala suerte o una tragedia: como si afectara solamente a otras personas, nunca a mí misma.

Me estaba quedando sin opciones, así que pedí por el mayor de tus hijos. Tu asistente se quedó callada en la línea.

¿QUIÉN ERES?

me preguntó al fin. Su voz se había vuelto amarga, grave y pausada; volvió a sonar de nuevo como suenan las hijas de puta. Dije que quería saber qué te había pasado. Dije que no habías venido a casa en semanas. Dije que tenía un niño de seis años de edad que estaba perdiendo la cabeza porque te echaba de menos con locura, y que necesitaba saber qué estaba pasando. No dijo más y me puso en espera, su silencio remplazado por una enajenante y azucarada versión del Bolero de Ravel. Pasaron varios minutos. Escuché al paciente que iba a atender a las diez de la mañana aparecer en la sala de espera: un viejo expatriado parlanchín de origen español llamado Silverio, don Silverio, al que le encantaba contarme durante la consulta historias de su infancia feliz en Teruel antes de que la Guerra Civil desmembrara a su familia y él fuera enviado a México, junto con otros niños, lejos de sus familiares por un tiempo que se prolongó hasta convertirse en toda la vida. Tu asistente volvió a ponerse en la línea y me pidió otro número al cual llamarme. Le di mi número de celular y dijo no, necesitaba el número de mi casa. Sonaba como otra persona. Tu asistente, o quien fuera que estuviera ahora en el teléfono, dijo que me llamarían de regreso en media hora. Más le vale estar ahí, más le vale que sea cierto. Cuando colgué el teléfono las piernas me

temblaban. Comencé a sentir náuseas, un agujero haciéndose enorme en mi estómago. Corrí al baño para vomitar pero no salió nada; vi a mi cuerpo sacudirse frente al
excusado, retorciéndose en espasmos. Me vi desde fuera,
como si mi cuerpo y mi mente se hubieran separado hasta
convertirse en dos entidades independientes.

Me refresqué y volví al consultorio, agarré mi bolso y
salí corriendo. Cuando iba de salida le dije a Esmeralda,
mi asistente, que cancelara todas mis citas del día. Por el
rabillo del ojo vi a don Silverio levantarse de su asiento, sus manazas rosadas, regordetas y laceradas de pecas
agarrando el puño de su bastón, esbozando la sonrisa
transparente y eufórica de anhelo que siempre me rega-
laba al verme, pero no me detuve a saludarlo. No sabía
qué habría podido decirle en ese momento.

Laureano se encontraba ya jugando en la alberca de pelotas
cuando apareció tu otro hijo. Yo había elegido una mesa
al lado de la ventana, de manera que pudiera observar a
Laureano a través del cristal. Victoriano se sentó frente
a mí, del otro lado de la mesa. Comenzó a estudiarme en
silencio. Mi edad y mi apariencia parecían provocarle fascinación y asco. Me sentí como una pintura de Francis
Bacon, repugnante y arrebatadora. Admiré los rasgos de
su cara, que parecía pulida por una lija, buscando rastros
de ti. Físicamente debió de parecerse a su madre. Era guapo e insulso de una manera que tú nunca habías sido, pero
sin duda alguna era tú. Alguna vez mencionaste que tenía más edad que yo, pero lucía más joven. Su presencia
irradiaba soltería, falta de prole; todos los defectos que
lo hacían único y que a ti te doblaban de angustia. Pero
había heredado tus inmensos ojos del color del brandy

y tus comisuras de los labios, torneadas hacia arriba, como si quisieran arañar el cielo.

Victoriano miró por la ventana, buscando a su medio hermano, y dio con él de inmediato. Lo pude notar en la manera en que los músculos de su cara se tensaron y su cuerpo cambió de posición. Ese momento en el que te descubres en alguien más. El segundo horripilante en el que la vida se desenmascara a sí misma frente a tus propios ojos.

Se le quedó mirando sin decir una palabra. Afuera, en la alberca de pelotas, Laureano era pura pirotecnia. La mirada de tu hijo se ablandó por un instante. Se mostraba conmovido, observándote de nuevo.

Me preguntó qué edad tenía Laureano. Le respondí y asintió, los ojos cerrados momentáneamente. Luego: una sonrisa burlona. La misma sonrisa sarcástica que esbozabas tú cuando te disponías a emitir una crueldad. Antes de que pudiera decir algo, le pregunté a tu hijo si sabía algo de Laureano o de mí. Yo ya sabía que no. Simplemente quise herirlo yo primero, incluso a sabiendas de que él tenía la ventaja.

No respondió. Preguntó

¿LLEVA NUESTRO APELLIDO?

En ese momento te odié por hacerme pasar por esta humillación. Y me odié a mí misma por permitir que esto ocurriera.

NO CONOCES A TU PADRE, ¿VERDAD?

le dije. Victoriano dejó de observar a Laureano, cuyas acrobacias había estado siguiendo hasta ahora alrededor de la alberca de pelotas, y me miró a los ojos. Dijo que

Laureano o yo le importábamos muy poco. Que no estaba ahí por nosotros, sino por su familia, por la tuya. Necesitaba saber si Laureano llevaba tu apellido, su apellido. Le pregunté en qué podría cambiar eso las cosas. Dijo que las medidas que habría de tomar para encargarse de nosotros dependerían de mi respuesta. No sonó amenazador o preocupado, tan sólo arrogante. Le pregunté de qué estaba hablando. Le dije que no necesitaba encargarse de nosotros. No había llamado a tu oficina buscando ayuda. Lo único que quería era saber dónde estabas. Me miró con una cara indefinible. Podía sentir el desprecio que sentía hacia mí. Pero había algo más. Dije: por favor, necesito saber

¿QUÉ LE PASÓ?

Se cruzó de brazos, puso los codos sobre la mesa y miró hacia otro lado, largando un suspiro. Volvió a observarme con la misma extraña expresión, furibunda de rabia y de tristeza, y apartó la mirada agitando la cabeza. Susurró: "Ay, hijito de la chingada", y se carcajeó amargamente. Dijo "hijito de la chingada" con una voz casi paternal, casi estoica, como si estuviera reconociendo tu hijez de la chingada, o la suya, o la de Laureano, o la de todos, la hijez de la chingada inherente a todos los hombres, como si la celebrara y la padeciera al mismo tiempo. Me costó trabajo controlarme y no dejar que mis ojos revelaran el pavor que comencé a sentir por mí y por Laureano y por lo que pudiera pasar enseguida. Entonces se puso serio, me miró de nuevo, y entonces me lo contó. Dijo que te habían secuestrado el último jueves de mayo, cuando ibas camino a casa desde tu oficina. Dijo que sabían muy poco de tu paradero, con la excepción de que tenían pruebas.

Pregunté qué tipo de pruebas, pero se rehusó a darme más explicaciones. Lo dijo con monotonía, como si no fuera más que el simple heraldo de un despacho oficial y no tu hijo, pero sus ojos lo traicionaron. Titilaban de temor y desesperanza. Caí en la cuenta de que habías desaparecido de ellos el mismo día que habías desaparecido de nosotros, y eso me hizo sentir menos resentimiento hacia ti. Pensé en ti, te vi solo y atemorizado, y por un momento sentí que haría lo que fuera por ayudarte, por evitar que sufrieras. Miré a nuestro hijo, más pequeño y rupestre que nunca, y no pude contener las lágrimas. Sollocé en silencio, torciendo el cuello hasta quedar mirando hacia la ventana, cubriendo el costado de mi rostro con una mano para que tu hijo no me viera llorar.

En el reflejo del cristal, todo al interior de McDonald's se había deformado, hinchado, translucido y vuelto brillante en tonos rojos, amarillos, blancos. En una habitación aparte se celebraba una fiesta de cumpleaños. Una empleada del restaurante entró en el cuarto cargando un pastel decorado con el tema de Barbie y una vela con la forma del número cinco. Los convidados a la celebración estallaron en gritos de júbilo cuando la vieron aparecer y comenzaron a entonar "Las mañanitas" al unísono; incluso la niña del cumpleaños, pero no alcancé a oír nada. Lo único que podía escuchar eran los gritos de otros niños, el bullicio de clientes atacando su comida y yendo de un lado hacia el otro, y música pop de los ochentas, rancia y estridente, brotando a todo volumen de los altavoces, Chaka Khan y Sheena Easton y Julio Iglesias, una tras otra, mientras mis ojos humedecidos buscaban refugio de tus hijos y de tu destino, de la hijez de la chingada de todo, en la fiesta de cumpleaños de esa mocosa suertuda a quien no podía oír pero sí ver y sentir. Sentí cómo me llenaba de envidia contra esa pobre niña y contra su familia y sus amigos, y en ese momento pedí que los deseos que había pedido cuando apagó las velas de su pastel no se hicieran realidad.

Victoriano permaneció quieto mientras yo recuperaba la compostura. Miraba por la ventana, hipnotizado por el espectáculo de su propia sangre tirándose clavados y salpicando borbotones de hule. Dijo que si Laureano sólo llevaba mi apellido entonces corríamos menos peligro. De otra forma, tendríamos que actuar de prisa. Fue la única vez que se refirió a nosotros, no sólo a Laureano y a mí sino a ellos también, a tu familia, como una unidad. Dije que por supuesto llevaba tu apellido y él dijo que entonces teníamos que abandonar el país lo antes posible. Le pregunté por qué, y respondió que porque nuestra seguridad estaba en riesgo, no sólo la mía y la de Laureano, sino la de ellos también, la de tus hijos y sus parejas y la de tus nietos, y le pregunté cómo podía ser eso y dijo que no podían permitirse que otros miembros de la familia fueran secuestrados. No supe qué más decir, así que no dije nada. Me sentí como atravesando lentamente una ensoñación, nauseabunda, enchocolatada, enmalteada, enpapafrancesada, enpasteldecumpleañosada. Estoy segura de que lo fingió, pero dijo:

LO SIENTO

pero estaba hablando en serio. Le dije que no nos podíamos ir, que yo tenía mi propio negocio, una hipoteca, un coche. No podía simplemente hacer todo a un lado así como así y salir huyendo. Me dirigió una mirada llena de condescendencia y dijo:

ASÍ QUE ERES UNA MADRE SOLTERA TRABAJADORA, ¿NO?

Dijo que era conmovedor. Dijo que seguramente otras mujeres me veían como una inspiración. Dijo que ahora sí no le quedaba ninguna duda de que yo estaba contigo porque te quería.

¿O ERA POR EL SEXO?

preguntó el hijo de la chingada. Me puse a pensar cuánto me odiarías si supieras lo que estaba a punto de hacer, y me di cuenta de que tal vez no volvería a verte nunca más. Deseé que alguien hubiera estado al lado mío en ese momento, mis padres, los amigos que dejaron de dirigirme la palabra, para defenderme. Me sentía con ganas de levantarme de ese incómodo asiento de plástico pegado a la mesa que me había dejado el trasero helado y entumecido, agarrar a mi hijo y largarme de ahí, pero decidí que no me daba la gana.

TU PADRE TENÍA RAZÓN, ERES UN MARICA

le dije, y me puse de pie lentamente con la esperanza de que al hacerlo así pareciera más alta de lo que soy. Agarré mi bolso. Tomé la charola de plástico roja con la hamburguesa que no me terminé y los nuggets de pollo que Laureano no se comió y los vasos de refresco, y lo arrojé todo al bote de la basura. Estaba tan nerviosa que incluso tiré la bandeja. Sentía la mirada pesada de tu hijo siguiéndome. Temí que viniera tras de mí, pero no lo hizo. Hice mi mayor esfuerzo por ignorarlo, incluso a sabiendas de que no podía permitírmelo, y nunca miré hacia atrás. Simplemente me dirigí hacia afuera, hacia el Playland.

Los niños que estaban ahí dejaron de jugar y me miraron con ojos desorbitados, en trance, como si fuera la novia de Gulliver y estuviera invadiendo su territorio. Laureano siguió nadando y salpicando en la alberca sin percatarse de mi presencia. Me quité los aretes y los metí en mi bolso, coloqué el bolso en el suelo, me saqué los zapatos y poco a poco me aventuré al interior de la alberca.

Laureano aplaudió cuando me vio y me preguntó qué estaba haciendo ahí, sorprendido como si fuera un niño azorado más. Las pelotas de hule lo cubrían hasta la cintura. Lo abracé tan fuerte como pude, sintiendo su cuerpo tibio y frágil contra mí, su pelo suave que olía a nuestra casa, sintiendo ganas de no dejarlo ir jamás. Al oído le dije que cada vez que veníamos lo veía pasárselo increíble en esa alberca, y que siempre había querido unirme a su fiesta, pero que nunca había tenido el valor para hacerlo. Dijo que eso le parecía padrísimo, y se tiró un clavado; su cabeza desapareció entre olas de esferas de plástico, rojas y púrpuras y verdes y amarillas y azules. Siempre me había preocupado que esas pelotas fueran demasiado rasposas o que se sintieran heladas o que olieran mal, y mejor ni hablar de todos los gérmenes que seguramente acarrearían, pero no era así. Eran balsámicas y suaves al tacto. Olían a hojas de limón. Miré hacia dentro del restaurante en busca de Victoriano, pero ya se había marchado. Me acosté boca arriba sobre la superficie de ese mar, y dejé que acarreara el peso de mi cuerpo. Sentí el tiempo pasar y los gritos de los niños alrededor mío hacerse cada vez más tenues, hasta que un joven empleado del restaurante me tocó en el hombro y, con mucha amabilidad y mientras yo abría los ojos, dijo que el día se había vuelto noche y que probablemente sería una buena idea que mi hijo y yo nos retiráramos a nuestro hogar.

Cuando llegamos a casa, Laureano me pidió que lo dejara ir a ti. Tenía muy poco qué decir, así que dije está bien, y salió corriendo hacia su cuarto. Minutos más tarde regresó con la mochila a la espalda.

Cuando iba de salida, le pregunté si estaría dispuesto a darte un mensaje. Me dijo que por supuesto, y su cara pecosa se ruborizó como si pensara que se enteraría de algo de ti, o de mí, o de los dos, que no debería, algo que hacía mucho tiempo habría querido saber. Se veía tan lívido y tan guapo en la luz amarilla de la noche. Le dije

DILE A PAPÁ QUE LO EXTRAÑO

Su cara se descuadró, adusta y ajada. Lucía como el hombre en el que algún día habría de convertirse, el hombre que olvidaría cómo hacer olas en piscinas infinitas llenas de color y ser feliz, el hombre que un día lastimaría y sería lastimado por el mundo de los hombres y todo lo que representaba. Se me acercó con lentitud y me dio un abrazo sobrecargado de todo su poderío impotente y diminuto. Hundió su mejilla perfecta y huesuda y tu pelo rasposo y perpetuo en mi barriga, y me prometió que te haría llegar mi mensaje.

Me senté en la otomana de la sala y miré a nuestro hijo atravesar el jardín en el aire reconcentrado y nocturno de la ciudad que deseaba desterrarnos. Lo vi caminar cansinamente sobre el pasto cubierto de rocío, como si los animales que cargaba al hombro fueran seres vivos y reales, y me pareció que la distancia que separaba nuestro hogar de la casa del árbol había crecido hasta volverse insondable. Era una noche tersa, marina y sin gritos que parecía robada de una mejor latitud de la tierra.

Comenzando por su esencia

Entro al cuarto de mi niño y lo encuentro contra la cama, las rodillas clavadas a la alfombra, las manos varudas agarrando el edredón como si fuera arena escapando de sus dedos. No nota mi presencia. Mi niño ya no me ve, no me oye, más. Avanzo hasta su vestidor y me entretengo acariciando sus camisas de vestir, alisando sus polos y suéteres, que aún huelen a Suavitel, un aroma remoto y perturbador, como solía oler la parte trasera de la casa cuando yo vivía. Mi espectro se acurruca en cuellos y mangas y puños impolutos y libres de pliegues, como si la tela estuviera hecha de nube, su ropa toda de un blanco inmaculado porque desde que mi niño se hizo hombre ése es el único color que viste de la cintura para arriba. Mi niño, el que alguna vez fuera prístino y todopoderoso. Era un ángel cuyos pasos retumbaban como truenos día con día, fulminando a su paso a los demás cuales moscas, antes de esta eternidad.

Le digo mi niño pero él no lo sabe. Nunca lo supo. Mi niño, atrevido y rabioso y bellísimo como el demonio mismo desde el día que nació. Aún posee esos brazos formidables como hojas de afeitar y ese cabello brillante del color de los girasoles, como el de su madre. Le daba harto orgullo haberlo parido no sólo a él, sino a todos ellos, pero mi niño fue siempre mío nada más. Su porte solía darme escalofríos, no sólo a mí sino a todos en la casa, lo mismo a sus hermanos que a los sirvientes. Ahora sus manos tiemblan y sus ojos se abaten oscurecidos por la exactitud del miedo, la irrevocabilidad de la muerte que yo y todos los demás en la parte trasera de la casa habíamos venido experimentando desde hace tiempo como el hecho inevitable y cotidiano que es, tal y como le pasa a todo aquel que es un don nadie, pero que él, ellos, no habían experimentado todavía, indemnes, refugiados en su reino fortificado, hasta ahora. Ninguno de ellos había sido tocado aún por la voluntad única y altísima que nos hace a todos iguales. Esos pobres escuincles, esos idiotas. Mi niño y sus hermanos, ahora huidos.

Ahora saben lo que es la pérdida y yo, desde esta distancia, sonrío.

Mi niño buscó refugio en su cuarto al tiempo que las cajas seguían apareciendo por la puerta. Cajas rebosantes de objetos supuestamente preciosos que los hermanos no pudieron llevarse consigo. Verlos batallar era doloroso y vivificante. Se asustaron tanto luego de que les devolvieran a don Victoriano en partes que salieron huyendo, tan rápido como pudieron, haciéndose caca en sus pantalones elegantes y sus finas faldas rectas, mocosos una vez más, arrastrando pañales apestosos por toda la casa hasta que yo los cambiaba, a veces de inmediato, si su madre o don Victoriano andaban por ahí, pero normalmente sólo hasta que se les hubieran rozado los genitales y las rajas, porque necesitaba que estos escuincles que lloraban por todo supieran lo que es el dolor de a de veras. Ay, Dios, aunque fuera sólo un poco.

Pinturas costosas que parecían dibujadas por un tarado, juegos de plata y de porcelana fina heredados de sus padres y sus abuelos, álbumes fotográficos forrados de piel atiborrados de miles de fotos de la familia, el largo registro de sus décadas de gloria: los días felices, egoístas y arrogantes que precedieron a esta decadencia. Imágenes en las que aparezco yo de vez en cuando, colándome en el foco durante las fiestas de cumpleaños mientras ayudaba a su madre a servir el pastel.

Mi niño ordenó que las cajas incontables fueran almacenadas en el interior de la casa, en los pasillos y los recibidores, en la sala, el comedor, la biblioteca, el salón de juegos, la habitación de don Victoriano, las de sus hermanos. En todos los cuartos menos en el suyo. En la casa sólo queda mi niño y aun así una marabunta de cajas sin etiquetas, marcas ni nombres se han abalanzado sobre la casa para hacerle compañía, para resguardarlo. Las cajas se multiplicaron como una plaga. En cuestión de días se habían apoderado de cada rincón, como larvas en una pesadilla.

Montones, filas, pilas, cúmulos y montículos de cajas yacen pesadamente sobre los suelos de madera, de mármol. Han formado unos pasadizos angostos y laberínticos que conectan un cuarto con el otro. Ahora es imposible apreciar la dimensión total de los espacios, la belleza de la disposición —la casa era suntuosa y elegante; su madre, tengo que admitirlo, tenía clase— lo mismo que los olores de don Victoriano y el aroma tenue y viril de madera y clementina que mi niño dejaba a su paso cuando aún portaba colonia.

Su madre solía oler a muñeca de porcelana, perfecta e inanimada, pero su fragancia se evaporó rápidamente al poco tiempo de morir. Yo me aseguré de colocar rosas frescas del jardín en floreros de cristal cortado en cada habitación para que mi niño y sus hermanos, también don Victoriano, se olvidaran de inmediato de su hechizo, comenzando por su esencia.

Ahora todo lo que se puede ver es el laberinto de cajas, las esquinas de las cajas, la ruinosa fortaleza de las cajas, y no hay más olor que el olor. La casa entera apesta a corteza de árbol podrida, al tufo picante que suelta el cartón cuando se empapa. Yo me arrastro a lo largo de estos estrechos corredores hechos de caja, de la cocina al comedor, de la biblioteca al salón de billar, y la casa me dice que se está carcomiendo a sí misma.

La puedo oír aullar.

La casa del padre devorando las de los hijos.

Dentro de poco no quedarán más rastros de su existencia. Todos se han ido. Sólo mi niño, que siempre ha vivido aquí, y la casa permanecen en pie. Aún para que me encargue de ellos. Y yo, en este infortunio.

Dios Padre todopoderoso, ayúdame.

Cuando mi niño todavía me podía oír le sugerí que guardáramos las cajas en el garaje y en el sótano. En el área de servicio hay espacio suficiente para arrumbar los restos de los niños, para asegurar el pasado bajo llave, pero suplicó que no. Los ojos de mi niño incisivos, henchidos de pavor, como una bombilla a punto de estallar.

Mi niño siente mi presencia cuando salgo del clóset y mira alrededor, persiguiendo mi rastro. Sabe que estoy aquí, seguimos conectados, pero no puedo mirar sus ojos de animal arrinconado. No puedo tocar su rostro avasallado. Desde esta distancia, impuesta entre nosotros por mi suerte, no puedo apaciguarlo. No puedo acariciar sus mejillas enrojecidas y aliviar su expresión mojada, ebria, sobrepasada de angustia. Nunca antes había visto a mi niño en este estado, y por una vez me da gusto que él tampoco me pueda ver a mí.

Estamos a finales de octubre. El aire de la noche es fresco y meloso. La vida al interior de la casa está estancada, tiesa; han pasado varias semanas desde la huida de los niños. Nada se mueve. Si te quedas quieta y escuchas con atención, puedes oír el eco de las vidas que alguna vez albergó esta casa, las de los hijos, las de los padres, las nuestras, desvaneciéndose.

"¿Cómo puede ser que sigan llegando cajas?", en algún momento preguntó mi niño. Fue a finales de septiembre, días antes de que tropezara con la esquina de una caja mientras salía de la cocina y me precipitara al suelo, mi frente dura e irremediable contra la esquina de un trinchador de caoba, mientras iba en dirección al comedor, donde mi niño aún cenaba a la hora acostumbrada. Todavía lo atendía como siempre, intentando mantener la normalidad. Ay, Altísimo. "¿Cuándo va a acabarse todo esto?" No sabía qué decirle.

"La cena está lista, Vic. ¿Ya vas a bajar?", me encantaría poder decirle en este mismo instante. En una noche como esta estoy segura de que ordenaría algo rico, calientito, acogedor. Caldo tlalpeño o crema de papa y poro. Tortillas de marchanta. Una copa de vino tinto. Y luego preguntaría: "¿Qué hiciste de postre, Erme?" Mi niño, mi chiquito goloso hasta el fin de los días. Le anunciaría que preparé arroz con leche como a él le gustaba, al dente, bien cremoso, con una pizca extra de canela. Y él me dedicaría una enorme sonrisa, lleno de dicha. Mi niño bajando la guardia por una vez, revelando su lado inofensivo sólo a mí. Porque fui yo la única contra la que nunca descargó su desprecio. Fui yo la única que nunca le tuvo miedo. Fui yo la única a la que él realmente quiso.

Estoy segura de que yo fui la razón de que nunca se marchara.

Ahora me encuentro de pie frente a él, al lado de su cama desmelenada y hedionda, escuchando su respiración descarrilada, apunto de ahogarse, atestiguando el colapso de su familia a través del suyo.

No puede ver mis lágrimas. Mi serenidad está fuera de su alcance.

Los perros descalzos

No es el bebé, ni el perro, ni los fantasmas, ni los recuerdos, lo que me despierta. Son los camiones de reparto. Oigo el sonido fulminante de sus puertas metálicas al deslizarse, el estruendo cuando los choferes las cierran de golpe, el tronido de los barriles de cerveza y los guacales llenos de frutas y verduras frescas y abarrotes al chocar contra el pavimento cuando los repartidores los descargan. Escucho las puertas anquilosadas de los negocios calle abajo cuando abren al inicio de la jornada: el supermercado en la planta baja de nuestro edificio, la farmacia con su cruz de neón verde y parpadeante en la esquina, el bar a nuestra izquierda. A nuestra derecha. En Madrid hay un bar cada veinte metros. Todos apestan a humo, chorizo y transpiración. Madrid es un bar que nunca baja la cortina. Ruidoso y colmado de gente escandalosa que siempre parece estar insoportablemente feliz.

Los sonidos de la ciudad estallan al interior de nuestra habitación tan pronto como rompe el amanecer. El cuarto en el que Catalina, el bebé y yo dormimos da a la calle, y las ventanas permanecen abiertas para dejar que entre la brisa. No hay cortinas o persianas en las ventanas porque la privacidad y la seguridad ya nos dan lo mismo. No tenemos que preocuparnos más por eso aquí.

6 a. m. en Madrid y ya estoy despierto. Y acalorado. La camiseta que vestí para dormir está húmeda y pegajosa.

Es blanca, pero mi sudor ha dejado manchas de color durazno sobre el pecho. Septiembre como nunca antes lo había experimentado. Opresivo y vacío de lluvia.

6 a.m. en Madrid significa que son 11 p.m. en la ciudad de México. En mi casa todavía es ayer. Todavía de noche. Las calles bullen atestadas de gente preparándose para celebrar el Día de la Independencia. Las calles en las que crecí, me convertí en padre, y perdí al mío. Masaryk, Reforma, Periférico Norte, Campos Elíseos. Llenos de coches. Las luces encendidas.

Echo de menos las noches.

Me levanto de la cama y me asomo a la cuna. El bebé está vivo. Se mueve. Ya está despierto. La diferencia de horario le dio con todo, y dos semanas después de haber aterrizado en Madrid aún se levanta demasiado temprano. Los brazos y las piernas estiradas. Babeando.

Al balbucir produce unos sonidos que Catalina insiste son sus primeras palabras; lo asume precoz. Yo no sé mucho de bebés —fui el más pequeño en casa— pero esos ruidos suenan más bien como si se estuviera ahogando en su propia saliva.

Me acerco a la cuna y el tufo a mierda y pañal perfumado me da en toda la cara. Saco al bebé y siento cómo me mira. Evito sus ojos. Es una réplica exacta de mí. Me pone los pelos de punta.

Lo coloco sobre la cama y comienzo a cambiarle el pañal. Está desbordado. El mameluco azul celeste que lleva puesto es un lodazal. Lo aseo lo mejor que puedo, pero ahora el cuarto entero apesta a caca.

Ojalá oliera a toallitas para bebé, a talco y a rosas, como me imagino que deberían oler los bebés cuando miro la foto de un nene risueño y divino impresa en el contenedor de toallitas para bebé.

El bebé nació pocos días después de que llegara la primera caja. Luego de veintitrés horas de trabajo de parto se quedó atorado. El doctor Castañeda tuvo que practicar una cesárea y sacarlo a jalones. Me lo pasó a mí, y fui yo quien cortó el cordón umbilical. No pude evitar pensar en mi padre, en el sufrimiento por el que estaría atravesando. No tuve las agallas para rechazarlo, pero cerré los ojos cuando cercené el cordón. No parecía humano, parecía como si estuviera partiendo un alambre de cobre por la mitad. Cuando miré al bebé a la cara por primera vez estaba cubierto de sangre y flujo. Hinchado y purpúreo, pero ya convertido en un espejo. Abrió los ojos y con ellos recorrió la sala de operación hasta posarlos sobre mí. Nos miramos hipnóticamente por un instante antes de que se lo pasara a Catalina. Fue la última vez que cruzamos la mirada. Al día siguiente, cuando el doctor Castañeda pasó a revisar a Catalina y al bebé, confesó que había sido uno de los alumbramientos más difíciles de su carrera. Sonaba avergonzado y compungido. Catalina y yo nos quedamos mudos. Las yemas de los dedos comenzaron a hormiguearme, entumecidas de pánico. Me di cuenta de que en algún momento mi hijo moriría y que no habría nada que yo pudiera hacer al respecto. Sentí miedo de él por vez primera, y sentí miedo de cualquier cosa que pudiera ocurrirle. Esa tarde pedí a la gerencia del hospital que asignaran un guardaespaldas sólo para nosotros y para el bebé.

Le pongo un mameluco limpio y fresco, y lo acuesto al lado de Catalina. Sigue dormida. Últimamente duerme mucho. Dice que aún no se ha recuperado. Dice que se siente tan somnolienta como durante el primer trimestre de embarazo, pero en esa época no dormía tanto como ahora.

Le muevo el hombro suavemente y susurro su nombre.

—¿Qué pasa? —dice con los ojos aún cerrados. La voz pesada.

—Es Belisario —digo en voz baja—. Creo que tiene hambre.

Catalina se levanta la camiseta y deja al descubierto un seno cargado de leche. Se acerca la boca del bebé y se lo enchufa. Belisario comienza a succionar como una bestia; los sonidos que produce son primarios, rudimentarios. Y chillones. Como si sus labios o los pezones de Catalina, o los dos, estuvieran hechos de hule.

Cada vez que se alimenta aprovecho para observar su cara. Está herméticamente pegada al seno de Catalina y la presión le deforma la forma de la nariz, le redefine las facciones. Sus cachetes son rotundos e infinitos. Sus labios se saturan de sangre incluso más. Las cejas se vuelven más hirsutas. No parece mi hijo. Es un extraño al que puedo mirar, y tolerar.

Catalina permanece dormida. Se las ingenia para amamantarlo en sueños, y yo la envidio. La presencia del bebé, su mero roce, parece alegrarla incluso cuando no está despierta.

Veinte minutos después el rechinido se detiene y el bebé comienza a gemir. Quiere la otra teta. Cada vez que está cansado, o hambriento, o si necesita un pañal limpio, gruñe. Apenas llora.

En un movimiento torpe y acrobático, Catalina lo carga en volandas al tiempo que cambia de posición. El bebé ahora está del otro lado de la cama, conectado al otro pecho. Es una osa con su osezno.

El rechinido comienza a escucharse de nuevo. Las paredes de la habitación están desnudas, como el resto del departamento. Habríamos querido traernos los muebles que teníamos en la ciudad de México, pero no nos dio tiempo. Habríamos querido encontrar un nuevo hogar para nuestras palmas, pero no pudimos. El día que nos íbamos, Catalina y yo las arrastramos hasta el jardín con la esperanza de que atraparan la lluvia del verano y sobrevivieran. Durante nuestros primeros días en Madrid, cuando comenzamos a buscar un lugar para vivir, nos ofrecieron pisos amueblados en colonias más elegantes, pero los rechazamos todos. La idea de usar los muebles de alguien más era deprimente y humillante. Nos conformamos con este departamento vacío ubicado en la calle Guzmán el Bueno en el distrito de Argüelles, en la segunda planta de un edificio gris construido a mediados del franquismo.

Alguien en la embajada de México nos sugirió Ikea. En nuestra primera visita compramos la cama, la cuna, algunas sillas, una mesa, un sofá, cubiertos, sábanas. Era divertido y acogedor. Parecía como un nuevo hogar, seguro y ordenado. Todo era tan barato que pudimos habernos llevado media tienda, así que la segunda vez que fuimos nos volvimos locos comprando veladoras, fotografías enmarcadas de paisajes urbanos, almohadones, cactus, canastas tejidas a mano, víboras de peluche. Una vez en el departamento, las cosas que adquirimos se sentían usadas y corrientes, como si fueran una limosna. Regresamos al día siguiente y lo devolvimos casi todo. Tenemos un televisor que compramos en El Corte Inglés. Cuando el bebé está dormido y queremos dejar de hablar de México o de pensar en mi padre, lo encendemos. Nos reímos de cómo la gente habla en la tele aquí; todo el mundo suena pomposo o impertinente. En los programas nocturnos aparecen personas que se desnudan frente a las cámaras o que se insultan con frases como "Hostia puta" o "Me cago en tus muertos": cosas que nadie se atrevería a decir en nuestro país. Vemos mucha televisión, pero no vemos los noticieros.

Belisario da por terminado el desayuno. El pezón de Catalina permanece flotando en el aire, púrpura, brillante, ampollado, hasta que se baja la camiseta y se acurruca de nuevo en la cama. Yo traslado al bebé de nuevo a la cuna. Sus ojos persiguen los míos, pero yo descanso mi mirada sobre sus rodillas, sobre los dedos de sus pies. Enciendo el móvil que flota suspendido encima de su cabeza, y una caballada de potros de peluche comienza a perseguirse uno a otro en una elipse infinita.

Necesito café. Me dirijo a la cocina.

En la sala encuentro a Zurbarán encorvado sobre un charco de algo visceral, vomitando. Su panza suelta y jala aire con dificultad, como si fuera un juguete chillón. El fangal es casi de su tamaño, verde y repulsivo; pequeños coágulos de color rojo oscuro flotan en la superficie como islas de sangre a la deriva en un océano de hiel.

Nota mi presencia y me mira de reojo; comienza a agitar la croqueta que tiene por cola. Se acerca la hora a la que normalmente lo saco a dar la primera vuelta del día. Paseamos alrededor de la colonia al menos tres veces cada día, pero algunos días hasta cuatro, cinco, especialmente si Catalina intenta dejarme a solas con el bebé. Zurbarán es mi excusa.

Es callejero, pero no lo parece, excepto por la cola y las orejas chuecas. Cuando era pequeño, los niños del fraccionamiento privado donde vivíamos en México solían confundirlo con un pastor alemán; era cagado ver sus rostros horrorizados cuando les explicaba que no era de raza, que simplemente era un perro eléctrico sacado de la calle.

Catalina lo encontró una tarde cuando volvía del trabajo, en la esquina de Reforma y Prado Sur. Era apenas un cachorrito lleno de lombrices y el cuerpo del tamaño de un corazón humano. Alguien le había volado la cola de un machetazo, pero el agresor había dejado intacto un hueso caudal, una punta blanca y brillante coronada por un borde de carne fresca al que con el tiempo volvió a crecerle piel y pelo, y que ahora agita como si fuera una sola maraca cada vez que se pone ansioso o contento. Pero sobre todo ansioso.

Vomita de nuevo. Hay más sangre. Anoche estaba bien. Cuando le sacamos el pasaporte y la cartilla de vacunación en México, el veterinario dijo que estaba sano como una joya. Vuelve el estómago en silencio. No sé si se debe al apeste a mierda de bebé o qué, pero el vomito no tiene un olor especialmente desagradable. Sus patas frontales se estremecen cada vez que se sacude hacia adelante.

No quiero que esto sea cierto. Necesito despertar. Prosigo hacia la cocina.

El tamaño del departamento no está mal, pero la cocina, chingada madre. El vestidor que teníamos en casa era más amplio que esto. En México las casas tienen cuartos de lavado separados. A nadie se le ocurriría instalar una lavadora de ropa en la cocina. La corredora de bienes raíces dijo que era una cocina normal para los estándares de la clase media europea. Lo dijo como si fuera algo sobresaliente.

El café que está en la cafetera es de ayer. Me sirvo una taza y lo caliento en el microondas. Sabe pinche y metálico.

En México nunca habríamos tenido que prepararnos el café nosotros mismos.

Me sirvo una segunda taza y regreso a la sala, esperando ver a Zurbarán listo para su paseo, dando saltos de emoción como cada mañana. El charco por ningún lado.

Llego a la sala. El batidero sigue ahí.

Zurbarán está tumbado al lado, con la panza y las patas traseras y las garras bañadas de guácara, los ojos cerrados. Me acuclillo a su lado y abre los ojos. Respiro hondo y lo único que alcanzo a oler es el aroma del café pasado por el microondas.

En nuestro cuarto Catalina y el bebé ya están despiertos, tumbados sobre la cama. El aire es sofocante. En la calle, las motocicletas pasan zumbando una detrás de otra, y un par de mujeres están enzarzadas en una bronca que involucra a alguien que les atrae a las dos. La disputa se está calentando, pero ni a Catalina ni al bebé parece importarles. Él está jugando con las puntas del pelo marrón ensortijado de ella. Ella tararea una tonada que no reconozco. "Qué onda", me dice con dulzura, regalándome una sonrisa lánguida. "Acércate, ven con nosotros."

—Algo le pasa a Zurbarán —digo—. Parece como si hubiera estado guacareando toda la noche.

—¿Qué? —pregunta mientras acaricia la espalda del bebé. La sonrisa se le esfuma.

—Hay un charco de vómito en la sala. Tiene sangre.

—Dios mío —se tapa la boca—. ¿Se va a morir?

—No lo sé. No sé nada de perros enfermos.

—¿Qué vamos a hacer si se muere? —dice susurrando, como si no quisiera que la escuchara el bebé. Se pone pálida como la sábana.

—No tengo idea —mis ojos se llenan de lágrimas. Catalina, y el bebé, y la habitación se vuelven borrosos frente a mí.

La primera caja llegó seis semanas después de la desaparición de mi padre. No habíamos recibido ninguna noticia de él. El experto en secuestros recomendó que todos nos mudáramos a casa de mi papá. Una mañana de sábado a principios de julio, alrededor del mediodía, sonó el timbre. Ermelinda, una de las criadas, contestó la puerta. Regresó a la sala diciendo que un tipo de FedEx estaba preguntando por mi hermano. Victoriano salió y regresó con una caja. No era una caja de FedEx, sino una caja cualquiera, de las que te regalan en el supermercado, mal sellada. Dijo que estaba fría y pesada. El silencio se apoderó de la sala. Victoriano la colocó sobre la mesa y todos nos colocamos alrededor de ella. La etiqueta decía que había sido enviada por Alice, sin apellido. Todo el mundo en la casa presintió que tenía algo que ver con mi padre, así que las sirvientas y el jardinero salieron de la cocina y se unieron a nosotros en la sala, pero mi hermano les pidió que se fueran. La etiqueta mostraba que la caja había sido enviada desde El País de las Maravillas, Texas. El experto en secuestros, Ramiro Alcázar se llamaba, abrió su computadora portátil y buscó el lugar en Google, pero no logró localizarlo. A Catalina le dio un mareo. Le pregunté si estaba bien. Dijo que sí, pero su cara había empalidecido. Mis hermanas le ofrecieron acompañarla a nuestra habitación. En cuestión de días saldría de cuentas. Las mujeres de ambas familias le miraban la barriga abotargada y decían que la tenía puntiaguda. Decían estar convencidas de que esperábamos un niño. Habíamos decidido no saber. Yo quería que fuera niña, pero nunca se lo dije a nadie. No podía soportar la idea de tener un varón.

La etiqueta decía: ÉSTE ES EL PRIMER REGALO. Alcázar levantó la caja y la sopesó. Sugirió que sería mejor si la abría él solo, pero Victoriano y yo no quisimos irnos. Dijo que necesitábamos estar preparados para encontrar cualquier cosa en esa caja, pero mi hermano lo interrumpió con un grito: "¡abre de una vez la chingada caja!" Alcázar hizo una incisión en la tapa de la caja y halló dentro una bolsa Ziploc llena de hielo. Hizo una incisión en la bolsa y descubrió otra bolsa igual en su interior. Hizo una incisión en la segunda bolsa, y dentro encontró el pie derecho de mi padre.

Son cerca de las diez y vamos camino al veterinario. Zurbarán no ha vuelto a vomitar desde que salimos del departamento. Camina más lento de lo normal y cojea de vez en cuando, pero luce tan contento de estar al sol como siempre. No sé de dónde lo saca, este entusiasmo, absurdo y cegador.

Los edificios se levantan a nuestro paso. Madrid es un laberinto de aluminio y ladrillo, fachadas insulsas, aire seco y asfixiante. Un desierto hecho de escombro urbano. Allá en casa son las 3 a. m. La ciudad está más viva cuando está a oscuras que cuando los rayos del sol tienen que bregar para traspasar la polución. El rocío y la quietud cubren la ciudad de México y yo estoy aquí, al otro extremo del planeta. Los semáforos parpadean fuera de circulación, las decoraciones con el escudo nacional brillan en cada esquina, insensatas e incandescentes. Y alguien probablemente está siendo madreado hasta morir en los límites abrasivos de la ciudad, en el corazón de la ciudad. La ciudad, en algún lugar. Brutal e imposible de dejar atrás.

La veterinaria está ubicada en Vallehermoso, a pocas cuadras del departamento. Zurbarán y yo pasamos frente a ella de vez en cuando, cada vez que decidimos caminar hacia el este en lugar de tomar hacia el sur. Se llama Anubis Clínica Veterinaria y está flanqueada por una boutique de futones llamada Cha Chi Nap y La Rosa de los Prodigios, una tintorería.

Catalina va empujando la carreola con el bebé en su interior. Belisario va mordiendo el sombrero del Emiliano Zapata de peluche que Laura, mi hermana mayor, le dio como regalo de despedida. La desaparición de mi padre no le quitó el sentido del humor. Dijo que los madrileños lo verían con ese juguete y pensarían que somos una familia de zapatistas, exiliados de una clase diferente. A nadie le pareció gracioso.

Miro de reojo al bebé. Está determinado a desbaratar el juguete atroz. Me encantaría reunir el valor para agarrarlo. Para cantarle hasta que se durmiera. Para acurrucarlo en mis brazos. Para hacerlo sentir a salvo.

Estamos a punto de entrar en la clínica cuando Catalina se detiene y dice que primero tenemos que hablar.

—¿Vamos a entrar los tres ahí con él? —pregunta.

Frunzo el ceño. No sé qué está buscando.

—No creo que una clínica veterinaria sea el lugar más higiénico para un bebé tan pequeño.

—Bueno —digo, mientras miro hacia dentro por la ventana—, a mí me parece un lugar bastante aséptico. Esto es Europa. Apuesto a que esos gatos y perros europeos están más sanos que nosotros tres juntos.

—¿Te acuerdas de ese parque tan padre al que llevamos a Belisario hace un par de días? —pregunta—. Está aquí a la vuelta. ¿Por qué no nos esperan tú y él a Zurby y a mí ahí?

Detesto cuando lo llama Zurby. Es un perro callejero con la cola cercenada, no un pinche french poodle.

—No sé. Me parece que es mejor que yo me encargue del perro. ¿Qué pasa si le da hambre a Belisario y tú no estás?

—Comió justo antes de salir —dice—. Va a estar bien. Yo me puedo encargar de Zurby. Tú siempre lo sacas a pasear. Déjame que te ayude con él aunque sea una vez —y agrega—: además, estaría increíble si ustedes dos pudieran pasar un rato solos, sin mamá.

La desafío con la mirada.

—¿Por qué haces esto?

—¿A qué te refieres?

—Tú sabes a qué me refiero.

—¿Lo sé?

—Sí, lo sabes perfecto.

Suelta un suspiro y se rasca la punta de la nariz. El bebé sigue balbuciendo; ahora está agitando el Zapata como si quisiera partirlo en dos.

—No quiero hablar de esto aquí, ¿okay?

—Tú sacaste el tema, yo no.

—¿Qué tema saqué yo?

—Tú sabes cuál. No te hagas como que no sabes.

Nos quedamos mirando. Tengo miedo de que vaya a darme un ataque de pánico aquí mismo. Mis ojos se humedecen. Los de ella también.

Cuando llegó la segunda caja, Alcázar nos aconsejó abandonar el país; dijo que nadie en México podría garantizar nuestra seguridad. Victoriano ordenó a toda la familia marcharse lo antes posible. Nosotros nos mudamos a Madrid porque Catalina y el bebé podían obtener pasaportes españoles en cuestión de días. Durante la Guerra Civil, sus abuelos salieron huyendo de Toledo y terminaron en la ciudad de México. Cuando el dictador murió y se acabó el franquismo, ya era demasiado tarde para volver.

El día que aterrizamos en Barajas nadie nos estaba esperando.

Laura y su familia se mudaron a Texas; Carolina y su familia a California; Daniela y la suya a Connecticut. Victoriano es el único que sigue en México, ocupándose de todo lo que dejamos los demás atrás antes de poder irse también.

No conocemos a nadie aquí.

—Tú sabes que te quiero —masculla Catalina. El rostro encendido, los ojos inflamados. Mientras tanto el perro duerme una siesta a las ruedas de la carriola. Cuentas de sudor me brotan de los costados, del pecho, de las sienes—. Pero no puedes seguir haciendo esto —agrega—. Tienes que estar con él. Le haces falta.

A cada minuto hace más calor. El aire se respira arenoso y narcótico, la acera se siente chiclosa bajo mis pies. El perfume almibarado de los plátanos que tiñen de verde las yermas calles de Madrid, y que nunca antes había olido, me congestiona la nariz.

—Yo me encargo de Zurbarán —es todo lo que digo. Catalina no me desafía. Mira a Belisario, que ha aventado el juguete al lado de la carriola y ahora está explorando sus dedos con la boca. Miro al perro, la lengua de color rubí brillante que le cuelga del hocico.

—Vamos a estar en el parque —dice ella en voz baja—. Alcánzanos ahí cuando terminen.

Quiero decirle que la quiero. Decirle que lamento tanto que estemos pasando por toda esta chingadera por culpa de mi familia. Agarrarla a ella y a Belisario y a Zurbarán, abordar un taxi hacia Barajas y tomar un avión de regreso a la ciudad de México, y que chingue a su madre todo lo demás, pero simplemente digo que sí con la cabeza.

Tiro a Zurbarán suavemente de la correa, y los dos entramos en la veterinaria.

El olor.

Apesta a comida para perros, alpiste y desinfectante. El aire acondicionado debe de estar descompuesto; hace casi tanto calor aquí dentro como en la calle. Ladridos agudos y agua corriendo y las voces entrecortadas de una charla entre mujeres llegan hasta mis oídos desde la parte trasera de la clínica. El techo es demasiado bajo; las luces de neón, azules brillantes y nauseabundas.

Una joven enfermera con piercings y el pelo verde brillante nos recibe. Es diminuta como un colibrí. Cuesta trabajo creer que pueda salvar una sola vida, pero se mueve con soltura alrededor del perro. Se acuclilla a su lado y lo acaricia.

—Pero qué guapo eres —le dice. Zurbarán agita el cuerpo entero. Cada vez que se emociona parece como si estuviera bailando salsa. La enfermera se desternilla y lo vuelve a acariciar, jugando con sus orejas torcidas—. ¿Qué le ha pasado en las patas? —pregunta.

—Ah, nada —respondo, sorprendido por la pregunta—. Lo traje porque ha estado vomitando toda la noche.

—Ya veo —dice, el tono originalmente alegre descarrilando—. Pero algo no anda bien con sus patas, ¿verdad?

—¿A qué te refieres?

Agarra una de las patas delanteras del perro y cuidadosamente la pliega hacia arriba para que yo pueda ver. Zurbarán suelta un chillido puntual. La enfermera se me queda viendo. No luce más encantadora ni dulce. Desvío la mirada, la clavo en el suelo blanco y manchado, y parpadeo. Parpadeo.

—¿Ves esta pata? —me espeta con severidad—. No me digas que no lo habías notado.

La almohadilla de la pata está sangrando, cubierta de ampollas; un líquido amarillo y viscoso mezclado con la sangre. La enfermera reconforta a Zurbarán con pequeños arrullos mientras revisa el resto de sus almohadillas. Todas lucen igual. No sé qué decir. Se levanta y me quita de la mano la correa de Zurbarán.

—¿Cómo se llama? —pregunta. Le digo el nombre. No me ofrece ninguna impresión. No dice: "¡Qué nombre más original!", o "¡qué chido!", los comentarios que solía recibir de la gente cuando les presentaba a mi perro en México. Me dice que tome asiento, y haciendo uso de más mimos convence a Zurbarán para que se vaya con ella.

Miro a la enfermera y a mi perro alejarse por un corredor decorado con afiches de animales y uno que muestra a Victoria Abril como aparecía en la película *Kika*, acariciando a una guacamaya, junto con la leyenda: ¡LAS AVES SALVAJES NO PUEDEN VIVIR LEJOS DEL TRÓPICO!

Me quedo solo en el área de espera. El silencio me inflama los oídos.

No estábamos con mi familia cuando llegó la segunda caja. Tras el nacimiento del bebé, Alcázar sugirió que nos trasladáramos a la casa de fin de semana de mi familia en San Miguel de Allende. Dijo que ahí nos sentiríamos más relajados. Victoriano llamó un día por la tarde, semanas después. Eva, nuestra sirvienta, contestó la llamada y dijo que estábamos ocupados dando un baño a Belisario. Catalina estaba haciéndolo. Yo estaba en la habitación, instalando un corralito que nos habían regalado días atrás. Mientras revisaba las instrucciones, escuchaba a mi mujer en el baño decir: "¿Quién es mi marmotilla?" El aroma del champú para bebés inundó mi nariz y comencé a imaginarme a Belisario cubierto de burbujas. Nos vi muy lejos de ahí, en un sitio en el que el bebé acababa de nacer y nada más había cambiado. Por un momento sentí que podría reunir el valor necesario para unirme a Catalina en el baño y bañar juntos a nuestro hijo. Fue un momento balsámico de luz, un lapso de alegría.

Eva llamó a la puerta. Dije que estábamos ocupados, y ella respondió que se trataba de mi hermano. Que era una emergencia.

—Ya valimos madres, Martín —dijo Victoriano.

—¿Qué pasó?

—Tienen que volver de inmediato. Ya nos cargó la chingada.

—Tranquilízate —escuché mi propia voz estremeciéndose—. Dime qué pasó.

Respiraba con dificultad por el teléfono, como si no hubiera oído mi pregunta. Nunca había escuchado a Victoriano en ese estado. Es el hermano mayor. El niño consentido de papá. A sus ojos, todo lo que hacía Victoriano siempre era una absoluta chingonería. Imposible superarlo. Pero esa tarde estaba transformado; lo sentía endeble y desasosegado, una libélula.

Al principio no pudo seguir. Se desmoronó en el teléfono. Mi corazón comenzó a palpitar fuera de control. Estaba sobrecogido, inundado de horror y anticipación.

—Llegó otra caja —balbuceó Victoriano segundos más tarde.

—¿Qué había dentro? —pregunté, mi mente en blanco, las extremidades adormecidas.

—No lo puedo decir por teléfono. Regresa en cuanto puedas; aquí hablaremos.

—Dime qué había en la caja —insistí.

En el baño, Catalina felicitaba al marmotilla por ser tan bien portado. Afuera llovía. Me pregunté si en la ciudad de México también estaría lloviendo. Me pregunté de qué tamaño sería la segunda caja.

—¿Era una oreja? —me oí preguntar en voz alta.

Victoriano seguía sollozando, incapaz de responder. Algo había cambiado entre nosotros. Me sentía tan sereno que me asusté. Embriagado por una sensación que no había experimentado jamás.

—Dime qué había en la caja.

—¿Se lo vas a contar a Catalina? —dijo al fin.

—¿A ti qué carajos te importa si se lo cuento? ¿Era una mano, la cabeza?

—Cállate, chingada madre. Por favor —imploró.

Una vez, cuando éramos chicos, entré en la habitación de Victoriano y lo encontré con un amigo de la escuela, haciéndose juntos una chaqueta. No entendí qué estaban haciendo, pero por la expresión de alarma que mostraron los dos supe que era algo que tendría consecuencias. Cerré la puerta y salí corriendo hacia el jardín, donde permanecí agazapado hasta que la criada nos llamó para que fuéramos a cenar. Esa noche Victoriano vino a mi cuarto. Se acercó a mi cama y me juró que si alguna vez le decía a alguien lo que había visto, me mataría con sus propias manos. Yo tenía cuatro o cinco años; él ya había entrado en la adolescencia.

—¿Qué había en la caja?

Desde el baño pude escuchar cómo Catalina sacaba a Belisario de la tina. "Oh, la la!", lo celebró, "¡mi marmotilla se ha convertido en un conejito!" Lo pude imaginar regalándole una sonrisa.

—Era el otro pie, ¿verdad?

Victoriano no respondió; siguió llorando como el niño asustadizo que nunca fue. Pasaron los segundos. Intenté pensar en mi padre, y no pude. Intenté pensar en Victoriano al otro extremo del teléfono. La imagen me hizo sentir muy lejos de él.

—Lo siento —le dije finalmente. Mi voz sonaba ahora tan agitada como la suya. Ahí estábamos los dos, un par de mariquitas a ambos lados de la línea. Cuánta vergüenza habría sentido mi padre.

—Tengo tanto miedo —balbuceó—. No sé qué hacer.

Tenía ganas de decirle que sabía exactamente cómo se sentía, pero no le dije nada.

Horas más tarde, un joven doctor con un mostacho imponente y mirada afligida me pregunta si soy el dueño del perro mexicano. Le digo que sí. Se presenta como doctor Ybarra. Me pide que lo acompañe a su consultorio. Dice que tenemos que hablar.

Son más de las dos. El alba está partiendo el cielo en dos allá en donde pertenezco. La noche se ha convertido en cenizas regadas por el firmamento, se ha transformado en luz de día. La ciudad está despertando, aún muerta.

De camino de regreso de la veterinaria, tiendas y oficinas cierran sus puertas a nuestro paso en preparación para la hora de la comida. Sólo bares y restaurantes permanecen abiertos. Los madrileños los abarrotan en tropel como si sirvieran de salvación.

El sol en la punta del cielo, blanco y despiadado. Alrededor del mundo la gente está muriendo por miles. Yo sigo vivo. Por qué.

Las almohadillas de Zurbarán están vendadas, sus patas parecen los pies de una bailarina, pero ya no cojea más. Es una maravilla de la naturaleza, una alucinación, un espectro. Todos lo somos hasta cierto grado. Sólo que no nos hemos dado cuenta. Nuestro proceso de descomposición aún no ha dado inicio.

No le he dicho a Catalina lo que dijo el veterinario; Zurbarán ya no luce tan enfermo. Cuando nos encontramos en el parque no me hizo ninguna pregunta. Como si simplemente acabara de regresar de pasear a Zurbarán alrededor de la cuadra. De vuelta a casa va señalando cosas que la sorprenden por la calle, la palabra BÉIGOL en un letrero, una falda sedosa y sin mácula en un escaparate, la ausencia de cables de electricidad colgando de los postes. O me está tomando el pelo, guardándose el resentimiento para cuando lleguemos al departamento, o lo está dejando pasar.

—¡Pero mire usted, señor Panceta! —exclama el portero cuando nos saluda a la entrada de nuestro edificio y ve a Belisario hundido en la carriola, durmiendo la siesta—. ¡Pasándolo bomba en su propia nube!

Se llama Antonio y vive con su familia en la última planta del edificio. Tartamudea de vez en cuando y, como es oriundo del sur, habla muy rápido. A veces sólo entiendo la mitad de lo que dice. Está en sus cincuenta y la piel de su cara luce quemada por el sol luego de pasar un mes entero de vacaciones en la playa.

Señor Panceta es una mamada de nombre para un bebé, pero no protesto.

—¡Yo tuve tres críos, y todos salieron a la madre! —estalla en una risotada—. Pero mírelo, es una versión suya en miniatura, ¡a que sí! —fuerzo una sonrisa y miro a Belisario. Descanso mis ojos en sus lóbulos sudorosos, ruborizados y colgantes. Ahí es donde miro en público para que la gente no crea que lo estoy evitando.

—¿Verdad? —digo entre risas, las manos en los bolsillos. Sueno falsísimo, pero él no me conoce tan bien. Catalina sí, y si siento su mirada sobre mí, juzgándome.

Antonio nota las vendas que envuelven las patas de Zurbarán. Pregunta qué ha pasado. Su curiosidad me hace sentir nostalgia por la servidumbre que empleábamos en México. Una ambulancia pasa ululando a toda velocidad. A Madrid no le da la gana callarse la puta boca.

—Pues, nada —digo, restándole importancia al asunto—, parece que le está costando un poco de trabajo acostumbrarse al calor español. Sus patas están un poco inflamadas, eso es todo.

Zurbarán descansa al lado de la puerta, bajo la sombra. No ha intentado sacarse las vendas ni una sola vez. Antonio lo acaricia, juega con sus orejas. Si yo fuera el perro, ya estaría hasta la madre de tanto toqueteo, pero él parece disfrutarlo.

—Siempre es duro acostumbrarse a un sitio nuevo dice Antonio, me pone una mano en el hombro y aprieta suavemente—. Yo sé por lo que vosotros estáis pasando. Yo también fui un inmigrante alguna vez. ¿Os he contado la historia de mi familia?

Ya lo hizo, la primera vez que nos vimos, cuando notó que hablábamos con un acento distinto y preguntó de dónde habíamos llegado, pero igual nos la vuelve a contar.

—Yo tenía ocho añitos cuando nos fuimos de Málaga; no había manera de ganarse la vida ahí. Acabamos en París; mis padres encontraron trabajo cuidando un edificio de viviendas en la Île de Saint-Louis. Papá, mamá, mi hermana Carmen, mi hermano Paquito y yo, que era el mayor, vivíamos en el sótano. Era una propiedad de cinco plantas construida en el siglo XVII la mar de majestuosa, jamás he vuelto a ver cosa más bella. Pero el sitio donde vivíamos, Virgen Santa. Era una habitación herrumbrosa situada al lado de la caldera central. En el invierno el olor a leña quemada no nos dejaba respirar, y en el verano todo apestaba a cañería, el aire sabía a huevo podrido. La habitación era tan pequeña que apenas había espacio para una mesita donde nos apretábamos todos para cenar, y una cama matrimonial que atiborrábamos como sardinas en una lata para dormir. Habíamos cambiado nuestro hogar por el barrio más elegante de la ciudad más hermosa del mundo, pero vivíamos como refugiados de guerra.

Antonio aún me está agarrando del hombro, sus ojos humedecidos, de un azul intenso, rebosan de emoción, y yo puedo ver que de verdad cree que somos iguales. Quiero preguntarle si la historia tiene un final feliz, pedirle que me cuente sobre esa mañana en la que se levantó con el olor a huevo podrido picándole la nariz y aun así logró finalmente sentirse en París como en casa. Quiero que me diga que todas las historias de inmigrantes en las que la gente se ve forzada a abandonar el lugar al que pensó pertenecería siempre terminan así, con un final festivo, pero nada me sale de la boca.

—Deberíamos subir ya —suelta Catalina—. Se está haciendo tarde, y estoy segura de que Belisario se despertará con hambre en cualquier momento —luce tan conmovida como Antonio, secándose las lágrimas con el dorso de la mano.

—Po-por supu-puesto —tartamudea Antonio. Se le ve compungido. Si se ruborizó es imposible saberlo porque de por sí ya tenía la cara enrojecida.

Nos despedimos y continuamos hacia el lobby. Cuando llegamos al elevador, Zurbarán se niega a entrar, tirando hacia las escaleras. A esta hora ya debería estar agotado, pero quiere salir a pasear de nuevo, y la idea de estar en el departamento con Catalina mientras el bebé duerme me desborda de ansiedad. Pongo un pie fuera del elevador.

—Parece que quiere caminar un poco más.

—Tiene las patas destrozadas, Martín —dice. Que me llame por mi nombre nunca es una buena señal—. Necesita un descanso.

—De acuerdo, pero parece que él piensa otra cosa. Nomás le doy una vuelta rápida a la manzana, y en un minuto estamos de regreso.

Uno tras otro, los gruñidos comienzan a brotar de la carriola. Belisario estira los brazos, luego las piernas. Está despertando.

—Tu pedo —escupe Catalina—. Sólo espero que sepas lo que estás haciendo, porque me parece que estás jugando con fuego, güey. Estás jugando con fuego bien cabrón, ¿me explico? Bien cabrón.

Aprieta un botón y las puertas se cierran lentamente. Intento pensar cuándo fue la última vez que no había tensión entre nosotros, y me cuesta trabajo recordarlo. Tal vez fue cuando sólo éramos los dos y nada, nadie más.

Conforme Zurbarán y yo avanzamos hacia el oeste por una calle vacía, imagino a Catalina a solas en nuestro departamento desnudo, amamantando al bebé, pensando en lo que que va a preparar para comer. La imagino rasgando una bolsa de ensalada prelavada por la mitad y aliñándola con vinagreta mientras piensa en mí, mientras me imagina paseando alrededor de la cuadra con mi perro enfermo y una sonrisa en la cara, pensando: qué pendejo. Qué esposo más horrible y qué padre más patético. Cuánta inmadurez, cuánta inutilidad, cuánta cobardía. La imagino preguntándose por qué sigue conmigo y qué le impide abandonarme y conocer a alguien más, a un hombre de verdad. Alguien como mi padre.

Cuando llegamos a la esquina de Gaztambide un edificio blanco de estuco se levanta frente a nosotros. Tiene balcones en cada una de sus plantas, decorados con exuberantes macetas de barro verde recargadas de unos geranios tan rojos que parecen inyectados de sangre. En la planta baja hay un centro de día para personas de la tercera edad y, al lado de la entrada, una placa en la pared que dice: Casa de las Flores. El letrero explica que el edificio fue construido en los treintas y estuvo a punto de ser destruido durante la Guerra Civil. En algún punto durante la guerra albergó al poeta chileno Pablo Neruda.

Intento recordar alguno de los poemas de Neruda, y me doy cuenta de que lo único que sé de él es su nombre.

Frente al edificio hay una banca y me dirijo hacia ella con la sensación de estar exhausto. Qué pinche calor está haciendo. Los edificios palpitan y crepitan a mi alrededor.

Zurbarán se enrosca en la sombra proyectada por la banca y se sumerge en una siesta. Se ve tan viejo ya, tan erosionado. Ojalá pudiera aliviar su dolor y mantenerlo con vida. El doctor Ybarra sugirió ponerlo a dormir, pero no pude. Quiero que siga vivo tanto tiempo como sea posible. No quiero quedarme solo.

Un auto Lincoln modelo Town Car de color blanco cruza frente a mí a toda velocidad y desaparece al doblar la esquina, y siento cómo se me pone la piel de gallina. Es la primera vez que veo ese tipo de coche aquí. El último coche que tuvo mi padre. Era el coche que iba manejando el día que desapareció.

Reviso a Zurbarán. "¿Sigues ahí?", le susurro en las orejas. "Ojalá pudiera quererte más, o mejor", le digo. Sus ojos siguen cerrados.

Me cubro la boca y comienzo a llorar como el huérfano en el que me he convertido. Mis sollozos alcanzan tal potencia que siento los pulmones a punto de estallar.

Pocos minutos después escucho un ruido de llantas rechinando contra el asfalto. Abro los ojos, dejando que la luz del día me haga daño, y el Lincoln se está estacionando frente a mí, ocupando un espacio designado para ambulancias. La puerta del conductor se abre de golpe y papá emerge del interior del coche, regalándome una sonrisa amplia, fulgurante.

—Qué bueno que vine a esta hora —dice juguetonamente mientras avanza hacia mí, caminando raro—. ¡Dios, qué lata es encontrar estacionamiento en esta ciudad!

Viste jeans y un polo de color azul cielo; su pelo entrecano está peinado a la perfección, reluciente bajo el sol imperdonable. Zurbarán se levanta y comienza a olfatear alrededor de las piernas de papá y los rarísimos tenis que lleva puestos.

Mi padre luce atlético y relajado, como si finalmente hubiera podido recuperar las horas de sueño que le hacían falta. Acaricia al perro, juega con sus orejas. Zurbarán reacciona con gusto e intenta lamerle las manos, pero papá da un paso hacia atrás.

Se para justo frente a mí y extiende los brazos como un halcón surcando el cielo. Sigo pegado a la banca. No me puedo mover.

—¿No le vas a dar un abrazo a tu padre? —hoyuelos en las mejillas. Su presencia es radiante y abrumadora.

Miro a todos lados de la calle; no hay nadie por ningún lado.

—Sacó mis ojos —le digo, intentando recuperar la compostura—, y mi nariz y mis cejas y todo lo demás, pero los hoyuelos en los cachetes son tuyos. No me había dado cuenta.

—Así que no va a haber abrazo, ¿eh? —responde papá. Baja los brazos y se rasca el cuello un par de veces, el gesto que suele hacer cuando algo le molesta. Cojea hasta la banca y se sienta a mi lado. Siento cómo una descarga de electricidad me recorre el espinazo. Respira con profundidad y mira a cada costado, apreciando el vecindario. Estira los brazos y los descansa en el respaldo de la banca. Me aparto de él en el asiento discretamente, temeroso de que si me toca yo no sienta nada.

—Entiendo que no me quieras abrazar —dice. Sus ojos son los mismos, pero ahora dejan pasar la luz. No lucen cansados, ni tristes, ni rabiosos. Simplemente me miran, me abarcan por completo—. Podríamos intentarlo otra vez más tarde, ¿verdad?

Su voz suena exactamente igual que antes pero apaciguado, como si esta vez no sintiera la necesidad de imponer su opinión. Revisa la calle, luego se vuelve hacía mí y me regala otra sonrisa. Sonríe como si no supiera lo que le pasó, lo que nos pasó.

—Qué guapo eres, hijo —me dice—. ¿Alguna vez te dije que…?

—Tus pies —lo interrumpo.

—Ah, sí —dice, observando con detenimiento los tenis Puma que lleva puestos. Son de color verde manzana con unas franjas amarillas y fluorescentes, insoportablemente audaces—. ¿Qué tienen?

—Que tienes pies. De nuevo, digo.

—Bueno, sí —dice. Se inclina y repasa rápidamente los tenis con la punta de los dedos y un gesto de incomodidad—. Éstos no son, este, realmente mis pies, ¿sabes? Quiero decir, mira esos tenis, mira el color, el…

—¿De quién son?

Se aclara la garganta y siento un nudo en el estómago porque todo parece y se siente tan real: su voz, sus gestos, su presencia, que siempre me apaciguaba, pasara lo que pasara.

—Para serte sincero, no estoy seguro. Los conseguí en un mercado de pulgas, y preferí no saber todos los detalles del dueño anterior, si sabes a lo que me refiero.

—Se te ven muy pequeños.

—¡Tienes razón! —suena aliviado por mi falta de insistencia—. Se siente raro caminar con ellos, la verdad. Ahora ya sé cómo se sentían esas pobres niñas chinas, ¿ves?

—Te extraño —me escucho decir en voz alta.

—Yo sé —dice, y sonríe de nuevo y guarda silencio, sus ojos sobre los míos—. Yo también te extraño. Pero vas a estar bien. Todos vamos a estar bien, hijo. Estoy tan orgulloso de ti.

—Pudiste haberme dicho eso antes —le respondo, y en cuanto lo digo me arrepiento de haberlo dicho.

—Tú ahora también eres padre —me susurra al oído—. Ahora te tocará darte cuenta por ti mismo de que los padres somos puro pinche cuento.

—Sacó mis ojos. Es idéntico a mí. Estoy muerto de miedo, pa.

—Yo también estaba muerto de miedo cuando naciste tú. Vas a estar bien.

Platicamos un rato más. Quiere saber cómo es vivir en Madrid. Quiere saber si estoy planeando buscar un trabajo o poner un negocio. Dice que un hombre debe mantenerse ocupado, dice que así es como un hombre se gana el amor y el respeto de su familia, y me da un par de nombres de gente que conoce en España y que podría ayudarme. No saca a colación la manera como desapareció, qué le pasó, quién le hizo qué, y yo no pregunto. No quiero saberlo. Ya no sirve de nada.

Alguien en uno de los balcones edificio arriba abre una ventana, y los sonidos de un juego de televisión dan al traste con la serenidad. Una sirena aúlla a lo lejos. Madrid está volviendo a la vida.

—Parece que alguien podría necesitar el lugar de estacionamiento —dice papá—. Mejor me voy marchando. No quiero meterme en broncas. No es tan fácil hacer que los polis acepten mordida aquí, ¿ves?

—Ojalá pudieras quedarte un rato más.

—A mí también me gustaría —dice al tiempo que se levanta y se mete el polo en los jeans—. Pero tengo algo que decirte antes de irme.

—¿De qué se trata?

—Yo sé lo que le pasa a tu perro.

No puedo creer lo que estoy oyendo.

—¿Qué le pasa a mi perro, pa? —le digo, y no puedo evitar esbozar una sonrisa.

—Las patas.

—¿Qué tienen?

—Ha andado descalzo todo este tiempo.

—Pa, es un perro.

—No puedo creer que no te dije esto antes.

—¿Qué?

—Los perros no deben andar descalzos. Los perros descalzos se mueren pronto, siempre.

No sé qué decir. Mi padre se pone en cuclillas y acaricia de nuevo a Zurbarán, pero éste no responde. Sigue dormido, pasándolo bomba en su propia nube.

—Mientras le consigas zapatos va a estar bien —dice, y se yergue de nuevo.

—El veterinario dijo que tiene cáncer de estómago y que ha hecho metástasis por todas partes.

—Pendejadas. Va a estar bien.

Siento ganas de decirle que no tengo ni idea de qué está hablando, pero no quiero decepcionarlo.

—Está bien, le conseguiré unas chanclas —es todo lo que digo—. Gracias por el consejo, pa.

—Cuando quieras, hijo —dice, y me da una mirada cargada de aliento—. Okay, ahora sí me tengo que ir.

Mi padre abre los brazos y yo me levanto, temblando. Es él quien se acerca a mí. Su cuerpo se siente ingrávido, como si estuviera hecho de corcho, la tela de su polo crujiente y sobrecogedora, y una vez que nos abrazamos no lo quiero soltar, y no lo suelto. Permanecemos ahí, bajo el sol abrasador, a miles de kilómetros de casa, hasta que el aroma de cacahuate tostado y moho que emana de su piel se desvanece, hasta que ya no está.

Árbol genealógico

Silvia Guevara – (amante)
(1970-)

Laureano
(1998-)

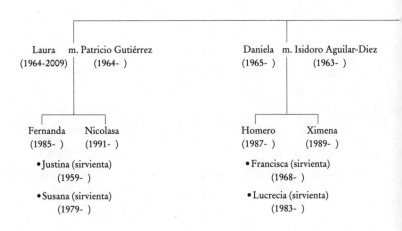

Laura   m. Patricio Gutiérrez
(1964-2009)   (1964-)

Daniela   m. Isidoro Aguilar-Diez
(1965-)   (1963-)

Fernanda   Nicolasa
(1985-)   (1991-)

• Justina (sirvienta)
(1959-)

• Susana (sirvienta)
(1979-)

Homero   Ximena
(1987-)   (1989-)

• Francisca (sirvienta)
(1968-)

• Lucrecia (sirvienta)
(1983-)

de la familia Arteaga

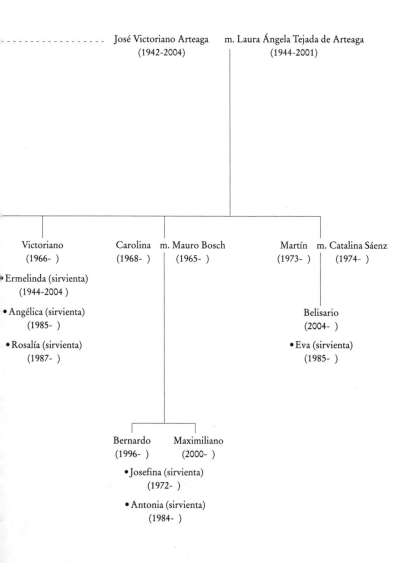

- - - - - - - - - - - - - - - José Victoriano Arteaga   m. Laura Ángela Tejada de Arteaga
                              (1942-2004)   (1944-2001)

Victoriano   Carolina   m. Mauro Bosch   Martín   m. Catalina Sáenz
(1966-)   (1968-)   (1965-)   (1973-)   (1974-)

• Ermelinda (sirvienta)
  (1944-2004)

• Angélica (sirvienta)   Belisario
  (1985-)   (2004-)

• Rosalía (sirvienta)   • Eva (sirvienta)
  (1987-)   (1985-)

Bernardo   Maximiliano
(1996-)   (2000-)

• Josefina (sirvienta)
  (1972-)

• Antonia (sirvienta)
  (1984-)

Índice

ASÍ ES COMO LA PIERDES
de Junot Díaz

Así es como la pierdes es un libro sobre mujeres que quitan el sentido y sobre el amor y el ardor. Y sobre la traición, porque a veces traicionamos lo que más queremos, y también es un libro sobre el suplicio que pasamos después para intentar recuperar lo que perdimos. Estos cuentos nos enseñan las leyes fijas del amor: que la desesperanza de los padres la acaban sufriendo los hijos, que lo que les hacemos a nuestros ex amantes nos lo harán inevitablemente a nosotros, y que aquello de "amar al prójimo como a uno mismo" no funciona bajo la influencia de Eros. Pero sobre todo, estos cuentos nos recuerdan que el ardor siempre triunfa sobre la experiencia, y que el amor, cuando llega de verdad, necesita más de una vida para desvanecerse.

Ficción

LA BREVE Y MARAVILLOSA VIDA DE ÓSCAR WAO
de Junot Díaz

Una crónica familiar que abarca tres generaciones y dos países, *La breve y maravillosa vida de Óscar Wao* cuenta la historia del gordinflón y solitario Óscar de León en su intento de convertirse en el J.R.R. Tolkien dominicano y su desafortunada búsqueda del amor. Pero Óscar sólo es la última víctima del fukú —una maldición que durante generaciones ha perseguido a su familia, condenándoles a vidas de tortura, sufrimiento y amor desdichado. Con unos personajes inolvidables y una prosa vibrante e hipnótica, esta novela confirma a Junot Díaz como una de las mejores y más deslumbrantes voces de nuestra época, y nos ofrece una sobrecogedora visión de la inagotable capacidad humana para perseverar y arriesgarlo todo por amor.

Ficción

NEGOCIOS
de Junot Díaz

En su excelente primera colección de relatos, Junot Díaz nos transporta desde los pueblos y parajes polvorientos de su tierra natal, la República Dominicana, hasta los barrios industriales y el paisaje urbano de New Jersey, bajo un horizonte de chimeneas humeantes. La obra triunfal que marcó el arranque literario de Díaz puede ahora disfrutarse en una edición en español que conserva en su integridad la fuerza desabrida y la delicadeza del texto original. Los niños y jóvenes que pueblan las páginas de *Negocios* gravitan sin sosiego por territorios marginales, a mitad de camino entre la inocencia y la experiencia, entre la curiosidad infantil y la crueldad más descarnada. Criados en hogares abandonados por el padre, donde todo se sostiene gracias a la férrea abnegación de la madre, estos adolescentes acarician sueños de independencia, asomándose con recelo a un mundo donde intuyen que no hay un lugar reservado para ellos. En estos diez relatos la prosa de Junot Díaz oscila con sabiduría entre el humor, la desolación y la ternura, desplegando en cada página un estilo palpitante de vida.

Ficción

LA CASA EN MANGO STREET
de Sandra Cisneros

Elogiado por la crítica, admirado por lectores de todas las edades, en escuelas y universidades de todo el país y traducido a una multitud de idiomas, *La casa en Mango Street* es la extraordinaria historia de Esperanza Cordero. Contado a través de una serie de viñetas —a veces desgarradoras, a veces profundamente alegres— es el relato de una niña latina que crece en un barrio de Chicago, inventando por sí misma en qué y en quién se convertirá. Pocos libros de nuestra era han conmovido a tantos lectores.

Ficción

EL LIBRO DE LOS AMERICANOS DESCONOCIDOS
de Cristina Henríquez

Dos familias cuyas esperanzas chocan con el destino. Y una extraordinaria novela que nos ofrece una poderosa y nueva definición de lo que significa ser americano. Arturo y Alma Rivera han vivido toda la vida en México. Un día, Maribel, la hija a la que tanto quieren, sufre un grave accidente y la probabilidad de que se recupere completamente es poca. Dejando todo atrás, los Rivera emigran a los Estados Unidos con un solo sueño: que en este país de tantos recursos y oportunidades, Maribel se recupere. Cuando Mayor Toro, cuya familia es de Panamá, ve a Maribel en un Dollar Tree, es amor a primera vista. También es el principio de una amistad entre las familias Rivera y Toro, y de una red de culpa, amor y responsabilidad que es el núcleo de esta novela. Intercalado en sus historias están los testimonios de mujeres y hombres que han llegado a los Estados Unidos de toda Latinoamérica. Sus viajes y voces te inspirarán, y te partirán el corazón. Intrigante, irónica e inmediata, humana y llena de espíritu, *El libro de los americanos desconocidos* es una obra rebosante de fuerza y originalidad.

Ficción